AFFAIRES INDIGÈNES

DU MÊME AUTEUR

Petite Papouasie, Robert Laffont (1986)
Zone tropicale, Le Dilettante (1988)
Fièvre jaune, Le Dilettante (1989)
Capitaine, Flammarion (1991)
Triste sire, Le Dilettante (1992)

JEAN-LUC COATALEM

AFFAIRES INDIGÈNES

Nouvelles

FLAMMARION

Imprimé en France
ISBN : 2-08-066758-0

« Nous sommes maintenant juste sous le tropique, mais je ne le vois pas. »

Gustave Flaubert
(*Lettres d'Orient*, à Louis Bouilhet,
13 mars 1850)

FIN DE WEEK-END

C'est en tirant d'une pichenette son mégot dans le fleuve que Raoul Cordier réalisa qu'il avait touché le fond du désespoir. Son départ de la métropole, tant haïe, n'avait rien changé. Non, même en Afrique, par quarante-trois degrés de moyenne, dans ce bled de cinquante mille âmes, Bongojoura, où la seule activité humaine restait celle de la Traficona International, il trouvait encore à sa vie un goût fade, un parfum de chair molle, filandreuse, une absence totale d'intérêt.

Un temps, bien sûr, la chasse aux grands fauves l'avait retenu. Deux lions, un éléphanteau, quelques zèbres à bout portant, une multitude de singes braillards que des essaims de mouches tétaient aussitôt firent les frais de cette ardeur guerrière... Piqué par le virus de l'exploration, il y eut aussi la remontée en pirogue de l'Obuo, une escapade de trois semaines vers les mines du mont Balou, cinq journées de jungle pour une source chaude qu'il trouva tiède, paludéenne et boueuse... Il en revint inchangé : amer, insatisfait, moral et profil bas, prompt au coup de poing comme à la bouteille.

Bref, sur un contrat d'un an signé pour les tropiques, pas même quelques semaines de dépensées et bien peu de satisfaction. Ni l'humidité, ni les moustiques de la taille d'une sauterelle, pas plus que la chaleur de poix fondue ou les pluies torrentielles ne l'avaient détourné de lui-même. Il s'encombrait. S'enferrait. Et flancha : un mot malheureux, trois réflexions acides, une crise de larmes. Dès lors, les Blancs de la Traficona, ses collègues, l'évitèrent...

Derrière son petit bureau lisse, vide, au-dessus duquel tournait un ventilateur, Raoul Cordier, pestiféré, banni, sombrait comme sombre un cargo torpillé par un sous-marin : sans hâte mais irrémédiablement. Lâché par ses semblables, sorti du rang et des convenances, il s'essoufflait, devenant un homme seul parmi les masses nègres, les termitières et les palmiers à huile.

Il ne fut plus invité nulle part. On ne le toléra qu'à peine au Club où il conservait un tabouret. Les deux commerçants chinois de Bongojoura ne lui accordaient plus de crédit. Même les métisses du coin, vérolées jusqu'aux narines, exigeaient le prix fort pour la moindre bagatelle.

Par fierté, Cordier s'obstinait à ne rien montrer de sa situation, apostrophant ses collègues, s'insinuant dans leurs groupes. On répondait du bout des lèvres, avares, pour rire de lui dès qu'il tournait le dos. Pourquoi prendre encore des gants ? Gaston Broche lui-même, le patron, assurait qu'il s'en débarrasserait à la saison sèche.

D'ailleurs, prônant l'exemple, il en rajoutait :

– Cordier ? Ce con ne fera jamais l'affaire. Trop sentimental. Des états d'âme, vous comprenez ? Il ne passera pas les pluies. Ils perdent la tête à Bordeaux : nous envoyer des crabes pareils ! À peine arrivé qu'il picole comme un esquimau et chiale sous son casque !

Les maigres dossiers qu'on lui abandonnait n'étaient jamais réclamés en retour. Son courrier administratif était détourné, réglé par un autre. On ajournait, remplaçait ses missions dans les mines de la Compagnie.

– Pour votre secteur ? Je vous l'ai déjà dit vingt fois : Trapinaud s'en charge lors de sa tournée, résumait Broche. De toute façon vous êtes mieux ici.

Aussi, les journées de Cordier traînaient-elles affreusement en longueur.

Afin d'occuper son esprit, au bureau, il taillait et retaillait ses crayons de bois, allant et venant des toilettes à la bonbonne d'eau plate, dont un système réfrigérant entretenait la fraîcheur... Datant du mois précédent, le journal de la métropole lui assurait cinq heures minimum de lecture, des pronostics de turf aux avis de décès, en passant par l'indice corrigé des bourses étrangères...

À seize heures, lessivé, sur les nerfs, il rentrait chez lui – deux pièces en planches à l'orée du quartier indigène –, remâchant des idées sombres, des frénésies d'alcool fort.

Que faire sous ces ingrates latitudes ? Qu'espérer ainsi dégoûté de soi et du relent des autres ?

Face à lui-même, Raoul Cordier s'enivrait comme on s'ensevelit, buvant pour s'assommer, se réduire. Et, anéanti, roulant sur son bat-flanc, il disparaissait, soustrait de l'écœurante palpitation du monde, oublié des métamorphoses...

***

Ce fut un mardi que tout bascula. Un accroc vrombissant dans le bleu azuréen du ciel : l'avion postal !

Dans une missive expresse de la Compagnie, Bordeaux y annonçait la visite de l'inspecteur général, Arnold Drussel, pour le samedi suivant. Le bonhomme avait sa réputation dans toute l'Afrique de l'Ouest : détestable. Du genre sacqueur.

Affolé, Broche remua son monde.

Des messagers furent dépêchés dans la brousse afin d'avertir les chefs de mines. Chaque responsable de secteur dut établir un relevé des extractions, tonnages et densités, et un compte rendu de l'usure du matériel en site. Le kilomètre seize, dont les rails avaient sauté depuis deux semaines, fut remis en état en moins de vingt-quatre heures. Et Kerkovski, le plus difficile des contremaîtres de la Traficona, put enfin engager sur le terrain son équipe de foreurs mille fois réclamée.

Mieux ! Il fallut repeindre à neuf les couloirs du bureau et nettoyer la chapelle. La petite fanfare locale répéta pour la descente d'avion et le cérémonial des couleurs. Le couturier hindou prit de l'aide. On commanda au Club un buffet froid pour soixante convives.

– Je sais que Drussel raffole de la bouffe africaine. Alors, croyez-moi, il va être servi ! Tout au piment vert avec un punch carabiné... Je l'aurai dans la poche, confiait Broche à Trapinaud, son adjoint.

Parce qu'il n'en menait pas large, Broche voulait impressionner. C'est alors qu'il se souvint de Cordier. Le cas le contraria. Dans l'après-midi il convoqua l'employé. Surpris par tant d'attention, Raoul rappliqua.

À gauche d'une bibliothèque, où s'alignait une collection d'insectes tropicaux coulés dans des blocs transparents de résine, s'étalait une carte de la région au cent millième. Dans la masse arboricole, les affluents de l'Obuo dessinaient un réseau de sang bleu. Des drapeaux dorés au sigle de la Compagnie signalaient les mines en exploitation et les gisements futurs. Entre, courait le pointillé de la voie ferrée : deux michelines poussives tirant leurs wagons minéraliers jusqu'au terminal de Pointe-Roc.

Les poings sur un sous-main vert billard, Broche se dressa de son fauteuil. S'étant éclairci la gorge, il déclara d'une voix d'inquisiteur :

– Dites-moi, Cordier, vous ne dansez pas, je crois ?

– Pardon ? C'est-à-dire que...

– C'est bien ce que je pensais... Vous ferez l'affaire. De surcroît vous êtes l'unique célibataire de notre communauté... Ne manquerez à personne... Pour la *party* de samedi, je vous charge donc des disques et de l'électrophone. Soyez discret. Je vous ferai signe. D'ici là, évitez les chopines, n'est-ce pas ?

– Entendu.

– En attendant, passez chez Wang. Il vous coupera les cheveux. Vous avez une nuque de guenon, mon vieux ! Et prenez aussi un costume... Popeline de coton... Le Sikh vous en louera un.

– S'agit d'une...

– Merci, au revoir.

– Bien, monsieur.

Raoul battit en retraite, humilié. Il n'avait qu'à obéir.

*
* *

La salle des fêtes était encore vide lorsque Cordier y pénétra, mais des guirlandes multicolores, semblables à celles utilisées le soir de Noël, égayaient les murs. Des deux extrémités du plafond pendait une bannière avec des mots de bienvenue.

Derrière le buffet, où se tenaient des Noirs en spencer, l'employé entrevit l'estrade qui lui était destinée. Sur une table, trois piles de disques 33 tours et un électrophone l'attendaient. Sans demander son reste, Cordier gagna son poste, un œil sur les bouteilles de champagne qui trempaient dans des bassines remplies de glaçons.

Le perron résonna; ils arrivaient.

Un groupe de cinq, d'abord, des gens de la Traficona, suivis de quelques épouses en robe du soir, de trois commerçants, de Balouet, le commissaire belge, de Broche et de Drussel qui se parlaient à mi-voix, d'une jeune fille brune dans un décolleté saumon, enfin le gros du peloton, bruyant et assoiffé.

Cordier posa le premier disque, une marche triomphale. Il y eut un murmure d'approbation, les conversations reprirent et des bouchons sautèrent au plafond tandis que les serveurs tournaient avec des plateaux de biscuits salés. Autour des plus jolies femmes, des grumeaux humains s'étaient formés, compacts, rieurs.

Décidé à prendre son mal en patience, Raoul s'installa sur un tabouret, demanda un verre d'eau gazeuse et poursuivit par un second disque, un adagio pour cordes d'Albinoni. Les convives semblaient apprécier cette musique de fond.

La bouche pleine, Broche lui cligna de l'œil. Il se débrouillait bien, dites donc! Cordier monta le son en corrigeant les aigus. Et sourit dans le vide puisque personne ne le regardait...

Deux heures plus tard le brouhaha commençait de retomber.

Les invités s'étaient dispersés dans la salle et le salon d'à côté faisant office de fumoir. Certains avaient poussé jusqu'au jardin, sur la berge de l'Obuo. À la demande de Broche, les boys avaient allumé les torches au bord des pelouses et disposé des fauteuils en rotin sur la véranda.

Sur les tables traînaient des bouteilles vides, des verres cassés, des cendriers pleins et des serviettes tachées de rouge à lèvres.

Raoul était en nage; il avait soif. Il enclencha un énième disque sur la platine, une sonate pour violon de Corelli, et rejoignit le buffet que décoraient des orchidées.

Dénichant une assiette intacte, il se servit du poulet yassa, de la mousse de mangues et un grand verre de punch. Sans beaucoup d'appétit, distrait, il avala son dîner en regardant par la fenêtre... Sous une lune rousse, étonnamment proche, glissait la teinte sourde, attiédie, du fleuve africain. Des chauves-souris criaient par paquets entre les arbres bleus. Sur l'autre rive, les phares des voitures qui rentraient débusquaient des silhouettes indigènes et des vaches à bosse... Au-dessus du coassement des crapauds-buffles et du feulement de la jungle, tout était si calme qu'on aurait cru percevoir la révolution de la Terre dans l'espace sidéral – mais ce lointain grondement que distillait la nuit n'était que l'écho des chutes de la Manzenia, en aval.

Un groupe d'une dizaine de personnes se sépara pour se reformer près du portail. Cordier comprit que Broche en profitait pour donner ses dernières recommandations au sujet de l'inspection du lendemain – Drussel avait insisté pour visiter les sites, un à un. Ils partiraient d'ici à six heures précises, à bord des Land-Rover de la société. La première mine sur la liste serait celle de Rateau, kilomètre vingt, puis celle d'Antonin, chez qui ils déjeuneraient. Ensuite, le parcours habituel...

Raoul éclusait d'autres verres dans son coin. Il avait hâte que cette petite sauterie se termine. Plus qu'une poignée de convives qui s'attardaient. Pourtant, tant que Drussel serait là...

Il alluma une Gauloise, rejoignit sa place et remit un disque.

Depuis quelques minutes déjà, Raoul se sentait oppressé; le punch lui cognait aux tempes. Il voulut s'asseoir. Un début de nausée l'envahit brutalement. Il se précipita dans le jardin pour vomir entre deux frangipaniers... Lorsqu'il releva la tête, il la vit alors, plantée dans la palpitation de la lumière électrique, superbe dans son décolleté couleur chair. Avec ses beaux yeux insolents qui le brûlaient.

– Excusez-moi... malade...

– Terrible le punch, n'est-ce pas? Vous le faites toujours avec de la poudre à canon?

– Je n'en suis pas l'auteur... Je le regrette d'ailleurs... Mais je me présente : Raoul Cordier.

– Disc-jockey ?

– Entre autres. Je travaille à la Traficona. Comme tout un chacun à Bongojoura...

– J'ai entendu parler de vous, sourit la jeune femme avec un air complice. Je suis Blanche Drussel. Mon père est le...

– Ah ! Très bien ! Enchanté, mademoiselle Drussel, balbutia Raoul que le nom de la jeune fille intimidait.

Elle devait avoir dix-neuf ou vingt ans. Grande, fringante. Un corps de pouliche sous un visage pur, étonnant de clarté. Son décolleté saumon découvrait une chair onctueuse, veloutée, que les torches incendiaient. Belle à damner un apôtre.

Cordier avala sa salive, cherchant ses mots. Elle continua, sûre d'elle, le regardant :

– Il n'y a déjà plus personne. Quelle détestable soirée, non ? Personne n'a voulu danser. Il faut dire, vos disques... Mais c'est un voyage d'affaires, une ins-pec-tion. Bongojoura est si... Comment faites-vous pour rester ici ? Sans vous ennuyer, je veux dire ? C'est à mourir, ce trou !

– Je n'ai pas le choix, pour ne rien...

– Que diriez-vous d'une promenade en barque ? coupa-t-elle.

– Ici les barques sont des pirogues. Et j'imagine qu'il faut... Nous ne sommes pas au lac de Vincennes, évidemment. En amont, la rive est infestée de crocos et, à quelques centaines de mètres, il y a des..., répondit Cordier que l'air de la nuit dégrisait.

Derrière l'étroite carrure de Raoul, Blanche

aperçut alors son père qui conversait avec Broche. Les deux hommes avançaient à pas mesurés. Sans manières, par-dessus les massifs trempés, elle le héla :

– Daddy! Daddy! Monsieur Cordier insiste pour m'emmener sur la rivière!

– Est-ce raisonnable ? demanda son père à Broche qui fumait le cigare.

– S'ils ne s'éloignent pas.

S'adressant à son employé, Broche poursuivit, les mains en porte-voix :

– Je compte sur vous, mon petit Cordier!

– Ne pensez-vous pas qu'il serait plus prudent d'attendre le jour ? essaya Raoul que l'idée d'une balade nocturne ne tentait guère.

– Vous, prenez une lampe et suivez-moi! lui ordonna-t-elle, délurée.

Et, sandales à la main, la jeune fille au décolleté saumon dévala la pelouse en riant.

***

Au débarcadère fait de planches et de rondins, Raoul parvint à trouver une embarcation digne de ce nom. Il fixa à la poupe la lampe à acétylène, saisit la pagaie et fit monter Blanche devant lui. L'air était si humide et si dense qu'on aurait cru respirer l'obscurité.

Ils se dégagèrent du talus d'un coup de rame. L'eau boueuse, chocolat, les souleva et les emporta. Assise en tailleur, les mains sur les rebords, la fille Drussel gloussait comme une gamine qu'elle n'était plus – cette promenade impromptue l'amusait.

– Quelle aventure!

– Ces eaux sont traîtresses, reconnut l'employé. Nous nous arrêterons au ponton, là-bas, par prudence, et nous dessinerons des cercles.

– Allons, du nerf monsieur Raoul!

La nuit les engloutit.

Au milieu des roseaux et des lianes, il réussit à lui montrer des oiseaux colorés, l'œil d'étain d'un crocodile tapi derrière une souche, une espèce particulière de palmiers aquatiques. Mais plus ils progressaient, plus la masse du silence qui les entourait paraissait s'épaissir. Ils ne distinguaient plus, déjà, derrière eux, les lumières jaunes du Club. Le monde connu s'était dissous. Ils étaient seuls sur le fleuve millénaire, effleurés par une jungle figée, gluante.

– Mon Dieu, comme c'est étrange...

Des reflets lunaires couraient comme des serpents sur la chevelure de Blanche.

Cordier fit semblant de rire, insouciant. Pourtant leur frêle bateau prenait ostensiblement de la vitesse; et, soulignés d'une langue d'écume sale, des rochers, polis et luisants comme des galets, se profilaient...

L'Obuo eut une courbe majestueuse; ils dépassèrent un cortège flottant de branches puis, à demi immergé, un îlot couvert d'aigrettes somnolentes. La pirogue tirait d'elle-même vers le milieu du fleuve où le courant était plus fort. La pagaie de l'employé ne corrigeait pas grand-chose. De peur d'alerter Blanche et de paniquer lui-même, Raoul, n'osant vérifier qu'il n'était plus maître de sa course, laissait aller.

Le ponton en question apparut. De loin, avec son mât, il ressemblait à une potence. La lune rousse miroitait à ses pieds, hachée de vaguelettes qui soupiraient. Incapable de virer, Cordier le dépassa.

– Raté, merde!

– Oh, monsieur Raoul! Votre beau ponton! Je l'ai à peine entrevu... Quel dommage! plaisanta la jeune femme en se retournant.

Aussitôt, l'avant de la pirogue se mit à cogner sur des vagues invisibles. Des paquets d'eau se jetèrent dans l'embarcation qui tangua dangereusement. Blanche était douchée.

– Que se passe-t-il? Y aurait-il un risque? cria-t-elle. Je ne sais pas nager, moi!

– Tenez-vous! lui clama l'employé qui, debout dans un équilibre précaire, tentait une sorte de godille.

À cet endroit de l'Obuo des circonvolutions pâles zébraient la surface qui glougloutait. Sous le mince fanal, roulaient dans tous les sens de larges tourbillons où clapotaient des essaims de bulles. Comprenant qu'il avait été trop loin, Cordier voulut se rabattre vers les berges. Mais dès qu'il feignait de contrer le flux, sa pirogue embarquait de l'eau – il renonça.

De nouveau droit, mû par les éléments, l'esquif accélérait encore. De fait, prisonniers au milieu du fleuve comme un wagon sur son rail, le courant dont ils ne pouvaient se dégager les emportait. Et parce que l'allure de la pirogue se renforçait, Raoul sentit qu'ils arrivaient à proximité des rapides de la Manzenia. Un mugissement résonnait à leurs oreilles.

– Je vais aborder sur la gauche. Il y a une plage, plus bas, parmi les roseaux.

– Mais...

– Accrochez-vous! lui ordonna l'employé, blanc comme un mort.

– Au secours!

Une meute de vagues noires les assaillait de nouveau. On aurait cru la charge de petits mammifères sombres, obstinés, aveugles, qui déferlaient en rangs serrés depuis les rives... In extremis, Cordier parvint à maintenir puis à redresser sa pirogue submergée de coups et d'écume. Mais, après avoir hésité quelques secondes, esquissé même un mouvement de tourniquet, leur embarcation redoublait de vitesse, sifflante dans la nuit comme un projectile...

La plage restait leur seule chance de salut; il fallait y arriver, à tout prix. Dans moins de trois cents mètres, ils déboucheraient sur les rapides et les chutes de la Manzenia. De toutes ses forces l'employé essaya une nouvelle fois de virer. Et, en oblique, grignota quatre ou cinq degrés.

– Écopez! Vite!

– Nous arrivons, n'est-ce pas? balbutia la jeune fille dont le décolleté collait à la peau.

Son visage s'était décomposé. Elle avait peur. Peur du fleuve devenu redoutable, de cette course insensée qui tournait à la farce tragique. Peur de mourir, noyée, raclée au fond, poussée et frottée aux pierres, étouffée par la boue.

– Continuez à écoper! Ne vous arrêtez surtout pas!

– Je vois la plage, là! Regardez!

Entre les roseaux, en effet, une crique de sable jaune faisait une tache plus claire que la nuit sur la configuration des berges. Une automobile leur adressait des appels de phares, du haut d'un talus; les cônes de lumière balayaient la surface. Raoul reconnut la Chevrolet de son patron.

Sortis de l'habitacle, Drussel, son épouse, Trapinaud et Broche les observaient avec stupeur. Ils s'éparpillèrent parmi les arbres et, les mains en porte-voix, leur crièrent :

– Revenez, bon sang! Vous êtes cinglés!

– Par ici! Obliquez! Gare à la catastrophe!

Avec une énergie désespérée, ployé sur sa pagaie, Cordier redoublait d'efforts, cherchant à briser les reins du monstre liquide par des manœuvres successives. En vain! Malmené comme un vulgaire fétu de paille, son bateau ne répondait plus.

– Blanche, la pirogue est incontrôlable...

– Quoi ?

– Il faut sauter à l'eau, lui souffla Raoul en retirant sa chemise trempée. Je vous aiderai. La seule solution!

– Vous plaisantez?

– Non, lui répondit Cordier le plus fermement possible. Nous ne sommes qu'à quarante mètres des rives. La seule solution!

– C'est du délire! Vous êtes fou! À l'aide!

Et Blanche Drussel, cédant à la panique, devint hystérique.

Raoul lui attrapa le bras, voulant la calmer. Hors d'elle, méconnaissable, la jeune femme se débattit et le griffa jusqu'au sang. Raoul recula sous la charge. L'esquif déstabilisé vira et se renversa. Ils tombèrent à l'eau, ensemble; la pression du fleuve frappa leurs tympans d'un terrible coup de cymbale; ils disparurent dans le vacarme.

Des tourbillons les aspirèrent vers le fond et,

après les avoir maintenus au milieu du maelström, les repoussèrent à la surface. Prenant le relais, de courtes vagues giratoires les séparèrent puis, par ruades, les propulsèrent en avant, direction les rapides.

Bon nageur, malgré la crampe qui lui perçait le mollet, Raoul parvenait à se maintenir. À quelques mètres de lui, par contre, au cœur du bouillonnement, Blanche buvait tasse sur tasse. Un remous plus puissant que les autres eut raison d'elle : elle s'enfonça et ne reparut plus.

Obéissant à ses réflexes, Cordier se précipita vers le milieu du fleuve, affrontant le danger... Au bout de plusieurs minutes de lutte, il agrippait la tache saumon et la tirait à lui. Blanche avait perdu connaissance. Il serra son corps contre le sien et, sur le dos, oubliant ses muscles tétanisés, joua des jambes, cherchant à se mettre en travers du flux. Finalement, par miracle, Raoul retrouva pied et atteignit les rochers.

Sauvés! Ils étaient sauvés!

Cordier reprit souffle entre les roseaux.

Ils l'avaient échappé belle : cinquante mètres plus bas et ils se fracassaient. Leur pirogue avait disparu, émiettée, engloutie par la Manzenia. À ses côtés, Blanche Drussel, la peau marbrée, des cheveux plein le visage, respirait par à-coups, en geignant. Dénudée, sa poitrine battait comme un animal traqué; elle recrachait de l'eau.

Des Land-Rover se rapprochèrent. Avec peine, Raoul se releva pour leur faire signe.

– Ho! ho! Ici!

Une nuée de chauves-souris quitta la ramure.

Raoul se tourna vers Blanche. La jeune femme

avait les yeux ouverts. Il lui sourit dans la pénombre. Blanche s'assit sur le sable, remonta ses genoux sous son menton et le dévisagea avec une attention douloureuse.

– Ça ira? fit l'employé.

– Oui, répondit-elle d'une voix sourde.

Elle réajusta son corsage, mit de l'ordre dans sa chevelure.

Ils avaient l'air fin. Cependant, après un grog et une longue nuit de sommeil, il ne paraîtrait plus rien de leur mésaventure. Ils en étaient quittes pour une bonne frousse. Et, maintenant, il n'y avait plus qu'eux seuls, sur la berge, pitoyables, jouissant d'un soulagement coupable, retrouvant sous leurs pas la fermeté de la terre, l'aplomb d'un monde. Ce roulement dans la gorge de l'employé était bien du sang vif, le sien, qui s'obstinait, s'entêtait à battre, gonflant ses artères. Des milliers de picotements envahissaient ses membres.

D'un même élan tous deux grimpèrent sur le talus. Il lui tendit la main; elle la refusa. En dessous, la piste s'étirait entre les baobabs. Oui, ils étaient vivants! Mais des éclats de voix qui couraient à leur rencontre, Cordier ne discernait pas encore s'il passerait pour un héros ou un imbécile – la marge, cette fois, était si mince...

CARTE BLANCHE À ADEN

– Je ne pourrais plus me passer de ses services, confiait Angus Stuart à son voisin de cabine. Ils savent se montrer si précieux – et pour le repassage, ça tient du prodige !

Le passager jeta un coup d'œil sur Toshio, le valet japonais, un garçon fin comme une lame, avec des lunettes cerclées de métal et une raie au milieu des cheveux, puis se retourna vers son interlocuteur.

– Même après Pearl Harbor ?

Stuart ne prit pas la peine de répondre. Il haussa les sourcils, signe chez lui d'agacement, et tourna les talons. Non, ce Yankee du Colorado n'avait rien d'un gentleman ! Et d'un pas allongé, sa serviette de bain autour du cou, il gagna les ponts supérieurs...

Depuis le départ de Marseille, six jours auparavant, l'atmosphère était plutôt détendue à bord du *Serenia*.

Hormis les deux escales, Catane et Port-Saïd, bruyantes et interminables heures où Angus Stuart n'avait pas daigné débarquer, la traversée avait été agréable : une mer calme, un ciel imperturbable et, puisqu'il voyageait en première classe, une cabine confortable et une table délicieuse – les cuisiniers étaient français –, le tout aux accords lascifs d'un trio de jazz tout à son affaire.

Comme prévu, le *Serenia* de la Peninsular and Oriental Line mouillerait à Aden deux jours plus tard. D'ici là les concours de ball-trap à l'arrière du navire, comme la couchette de miss Gimmins, qui rejoignait sa tante à Singapour, agrémenteraient ses fins de soirées célibataires.

Débouchant sur le pont, il aperçut la jeune femme qui lisait sur un transat.

Le Britannique l'interpella :

– Ho! ho! Phyllis!

Miss Gimmins leva la tête en tenant son chapeau de coton blanc. Elle avait des cheveux mi-longs, châtain clair, et des yeux bleus qui souriaient; sa robe amande lui allait à ravir. Vingt-cinq ans, des jambes divines.

– Comment allez-vous?

– Oh! Mr Stuart... Vous êtes matinal...

– Je pensais faire un saut dans la piscine... Que lisez-vous donc de licencieux?

– Un roman de Somerset Maugham... Mais vous devriez vous reposer afin de recouvrer vos forces...

– Ne serait-ce pas déjà superflu? répondit-il en bombant le torse.

– Ne vous vantez pas trop, mon ami, minauda-t-elle.

Ils rirent de concert et Angus se pencha pour lui murmurer deux mots à l'oreille.

– C'est entendu, répondit-elle, avec malice.

– Vous êtes délicieuse... Voulez-vous que j'appelle le steward? Ses chocolats au lait sont à se pâmer. Non? Alors à tout à l'heure, ma chère, Neptune s'impatiente et me réclame...

Dans la piscine qu'encadraient des rangées de transats vides flottait un monsieur rougeaud qui, les bras en croix, s'essayait à la planche parmi les ciselures du soleil.

Angus posa sa serviette, retira short et polo, gagna le plongeoir. Sans hésiter, il se lança dans le vide; couronnée d'une gerbe d'écume, l'eau douce l'aspira. Il resta dix secondes au fond, admirant les colonnes de bulles qui oscillaient vers la surface comme des méduses argentées puis, d'un coup de pied, remonta pour reprendre sa respiration... Même en service commandé la vie d'un espion de Sa Très Gracieuse Majesté pouvait avoir du bon...

* * *

À treize heures, une main féminine grattait à la porte de la cabine 114. En robe de chambre, les pieds dans des mules, Angus alla ouvrir – c'était Phyllis.

– Entrez, ma chère... Je ne vous attendais pas de sitôt, mais qu'importe! J'ai donné son après-midi à mon Japonais. Il n'ira pas loin, n'est-ce pas? Daïquiri?

La porte refermée, la jeune femme s'accrocha à lui, pressant ses mains dans les siennes, cherchant sa bouche. Entre quatre murs, dans l'intimité, miss Gimmins perdait toute réserve.

– Oh! Angus, my darling! Je ne pouvais plus attendre!

– ... Nous avons tout le temps, allons! Pas de précipitation. Installez-vous, voilà. De la musique? Tenez, du Trenet : *Y'a de la joie!* Cela vous amusera. Au fait, parlez-vous français?

Il actionna le bras de l'électrophone à piles.

Sans qu'on lui demande rien, juchée sur la couchette, Phyllis se déshabillait en cadence.

Après le chemisier, le soutien-gorge vola à son tour dans la cabine.

Assis dans son fauteuil, un second verre à la main, Angus Stuart la regardait se dénuder. Avec ses petits seins aux tétons bistre, cette jeune fille de bonne famille attisait son désir.

Il s'assura d'un discret pincement de son début d'érection et murmura :

– Quelle exubérance, je vous admire... Phyllis, vous êtes positivement merveilleuse. Vous y mettez tant du vôtre...

Mais, à ce moment-là, un piétinement dans la coursive rompit le charme, détournant l'attention du Britannique. Trois doigts anonymes glissaient un bristol sous la porte. Angus ramassa le carton. Il reconnut l'écriture microscopique du colonel Leif Bradington, son patron.

– *Crumbs!* Pas moyen d'être tranquille! ragea Angus Stuart. Il va falloir que je vous abandonne.

Et il retira du sillon le bras de l'électrophone, arrêtant net la musique.

Même si son petit Mab 45 lui broyait l'estomac, Angus grimpa quatre à quatre les huit échelles de coupée. Parvenu à proximité des deux cheminées rouge et noire, il contourna les enclos du chenil et enjamba la barrière métallique qui interdisait l'accès de la plate-forme.

Malgré l'air marin, les volutes amères d'un Prince-Albert le guidaient comme un aimant. Derrière une hotte de ventilation une ombre chauve tirait sur un cigare, les yeux posés sur la mer éternelle.

Aucun doute! Il s'agissait bien du colonel. Angus s'approcha.

– Hum!

– La fumée vous gênerait-elle?

– Pas le moins du monde.

Le colonel le toisa et ne put réprimer un sourire de satisfaction. Nonobstant ses manières « fin de race », Angus Stuart était l'un de ses meilleurs éléments : un ventre plat, des biceps d'acier et une frénésie à obéir à n'importe quel ordre donné par ses supérieurs, aussi absurde fût-il.

Leif Bradington jeta par-dessus bord son cigare et tendit à son agent une enveloppe de papier kraft.

– Vous y êtes?

– Affirmatif, mon colonel.

– Mission 121 : Vous répondez au nom de Gavin Mac Drummond, libraire-bibliophile, établi à Édimbourg. Cette édition originale des *Poèmes saturniens* de Verlaine, annotée de la main même d'Arthur Rimbaud, vous ouvrira la porte de Ramlasa Hussein, citoyen d'Aden, responsable du Musée islamique, rimbaldien invétéré et accessoirement agent bulgare... Voici sa photo. Avalez-la dès que vous l'aurez mémorisée... Votre objectif : éliminer ce monsieur – si possible en douceur – et repartir sur le *Serenia*. Tout doit être réglé durant les cinq heures de l'escale.

– Moyens?

– Carte blanche. D'ici là, apprenez par cœur certains poèmes. Qu'il ne vous coince pas là-dessus... Il semble que Ramlasa Hussein se sache suspecté... La filière de Buck a sauté à cause de lui – quatre années d'infiltrations en l'air! Même Chadley, au Caire, a été inquiété. Il est dangereux, le métèque!

– C'est tout?

– Non. Par un intermédiaire, nous avons pris contact avec lui, à votre intention. Hussein vous fera sans doute une offre pour le livre. Il est très intéressé par ce « bijou »... Dès votre arrivée, une voiture sera à votre disposition. À vous de jouer! En cas d'interception, notre ambassade nierait toute...

– Bien compris.

– J'ajouterai aussi que... En fait, nous avons une seconde préoccupation. Et elle vous concerne plus directement... Il s'agit d'une...

À voix basse, le colonel termina sa phrase.

Sous le coup, Gavin Mac Drummond, alias l'agent secret Angus Stuart, chancela.

***

Angus descendit de l'automobile allemande en face des arcades du bar-hôtel de l'Univers.

– Passez nous prendre d'ici une heure et demie, ordonna-t-il au chauffeur.

En costume crème, Toshio lui emboîta le pas, une mallette de cuir bleu à la main.

Ils se frayèrent un passage parmi les ânes encombrant les trottoirs, les ballots de fèves qui débordaient des échoppes, les hordes de gamins, les marchands ambulants de limonade et de yaourts, la multitude de femmes voilées qui couraient aux souks.

Ils choisirent une table et commandèrent du thé glacé. Indolents derrière leur plateau d'argent, les garçons, des Égyptiens, arboraient le fez et des moustaches de sapeur. L'un d'eux, poussé par les autres, consentit à les servir.

Une fois désaltéré, l'agent britannique fuma une cigarette puis entreprit de téléphoner. Derrière les plantes grasses aux feuilles émeraude se dissimulait un appareil mural. À côté, une affiche vantait le spectacle d'une certaine Linda Nagrulesco, au cabaret du Poisson d'or. Muni d'un jeton, Angus Stuart composa le numéro en détaillant la photo de l'artiste : une Européenne brune, potelée, aux yeux outrageusement fardés, qui s'essayait à la comédie américaine dans une robe à paillettes.

Une voix grave décrocha à la seconde sonnerie.

– Villa Zaouche, j'écoute...

– Mr Ramlasa Hussein, je vous prie.

– De la part ?

– Mac Drummond, libraire.

– Je vois... Attendez un instant, il y a un message... Dix-neuf heures... Oui, c'est ça : dix-neuf heures, ici, à la Villa Zaouche.

– Très bien. J'y serai. Avec mon assistant.

– Entendu. *(Clic.)*

Angus retourna vers son Japonais.

Craignant la chaleur, l'Asiatique suait à grosses gouttes. Un V de transpiration marquait le devant de sa chemise. Il serrait la valise entre ses jambes. Nerveux. Sa tasse de thé était intacte.

– Quelle température ! compatit Angus.

– Quarante-quatre degrés, sir.

– C'est ça l'Arabie : rien que du soleil sur du sable et des cailloux ! On dit qu'il ne pleut ici que tous les cinq ans! Mais j'oubliais : nous ne rembarquons pas tout de suite. J'ai le contenu de cette mallette à remettre. Tu m'accompagneras. Sois là dans une heure. En attendant, quartier libre! Visite la ville, les souks sont épatants...

– Si monsieur l'autorise, je préférerais retourner au paquebot...

Angus Stuart sortit une clé de sa poche, déverrouilla le cadenas de la mallette et se fixa la chaîne de sécurité au poignet. Comme libéré d'un poids énorme, le Japonais salua le Britannique; sans demander son reste, il disparut dans la foule arabe qui coulait sur les trottoirs, indifférente. À cet instant-là, miss Gimmins, lunettes fumées sur les yeux, costume marin et sac de plage en bandoulière, s'assit à sa gauche.

– Quelle coïncidence, très cher!

– Une ville si populeuse...

– Oui, mais si peu d'endroits fréquentables pour une Européenne esseulée... L'Univers est dans tous les guides... Toutefois je me suis laissé dire qu'en s'adressant à qui de droit, et moyennant des dollars américains, on pouvait participer à des expéditions plutôt « spéciales » dont...

En regardant ses lèvres pleines, soutenues par du carmin, Angus eut envie de la mordre et de l'embrasser. Il y avait en elle quelque chose qui, à la fois, l'attirait et l'anéantissait.

– Puis-je vous offrir un verre?

– Promesse, promesse...

– Je sais : cela ne nous a pas réussi la dernière fois. Mais, comptez sur moi pour...

– Quel homme convenable vous faites, Mr Stuart.

Et son rire moqueur, cristallin, fusa comme un trille. Angus lui prit sa main et la serra.

– Phyllis, vous êtes...

L'éclat de ses dents lui faisait mal.

– Qu'alliez-vous me révéler ?

– ... Rien.

– Alors, que diriez-vous d'une chambre avec vue sur l'océan ? demanda-t-elle, un poing sous le menton.

***

La chambre 16 donnait sur le port d'Aden. En contrebas, chargés de nasses en osier, des dhows remontaient au vent. De face, le *Serenia* qui tournait sur son ancre à trois cents mètres du rivage ressemblait, ourlé d'écume, lorsqu'il était de face, à un pain de sucre.

Sur l'étroit balcon hachuré d'ombre et de soleil, Angus, un drap autour des reins, fumait une cigarette. Il faisait si bon; l'air sentait la rouille et le poisson. Très haut, croisant dans du bleu, défilaient des oiseaux inconnus.

– Aden, le rocher d'Aden... murmura-t-il en se recoiffant du plat de la main. J'ai l'impression de devenir sentimental...

Phyllis dormait dans les méandres du lit. Il y avait des vêtements partout. Une bouteille de champagne flottait, vide, dans le seau à glace.

Méthodique, Angus ouvrit le sac de la jeune femme. Il y trouva un bâton de rouge, une bague en or dans du papier de soie, une paire de clés, une carte d'embarquement, un mouchoir, un carnet d'adresses qu'il compulsa par réflexe, et un guide touristique qu'il échangea contre l'édition de Verlaine. Pas question d'égarer l'inestimable volume chez Ramlasa! Angus quitta la chambre à pas de loup. Plus que deux heures devant lui.

***

L'automobile roula à petite vitesse jusqu'à la périphérie de la ville et, empruntant la corniche, gagna un quartier résidentiel ombragé de palmiers.

La Villa Zaouche, grosse hacienda piquetée de cabochons de céramique qu'épaulait une tour avec une coupole en forme de bulbe, avait des allures de château mauresque.

Ceinturant le jardin, où des treillages séparaient les massifs de roses des fontaines, un mur blanchi à la chaux et percé de grilles en fer forgé renforçait sa sécurité.

Par souci de prudence, Angus Stuart fit arrêter la voiture à deux cents mètres de la bâtisse, sur une voie perpendiculaire. Le Japonais sorti, Angus souffla au chauffeur :

– Nous filerons par-derrière. Si dans une demi-heure nous ne sommes pas revenus, tu sauras qui contacter...

Il claqua la portière et rattrapa Toshio qui, intrigué par tant de précautions, faisait une drôle de mine.

– Barbouillé, peut-être ?

De nouveau le Japonais portait la mallette. Sans ménagement, Angus lui refila un Browning.

– Fourre-le dans ta poche de pantalon!

– Mais je ne comprends pas... s'alarma le valet, en roulant des yeux derrière ses lunettes rondes.

– Aucune envie qu'ils me le confisquent à la fouille. Tu me le rendras à la sortie. De toute façon, ni toi ni moi n'en aurons l'utilité...

– Comme vous voudrez, balbutia Toshio.

Et ils avancèrent vers la Villa Zaouche.

Bras croisés, un colosse en costume noir se tenait de faction devant le portail.

– Nous avons rendez-vous...

– Je sais. Entrez.

La grille pivota et un autre type, lui aussi en costume sombre, les accompagna.

Angus Stuart se sentait en pleine forme. Le crépuscule était son heure préférée. Cette sensation d'abandon, la naissance des ombres... Sur ses doigts, il y avait encore le parfum ambré de Phyllis.

Au bout de l'allée gravillonnée, ils traversèrent une roseraie plantée de massifs rouges pour déboucher sur un patio qu'entouraient des orangers.

Une seconde grille se referma sur eux. Puis, sous une ganéria en bois ouvragé, le gorille les pria de patienter pendant qu'il montait à l'étage.

L'un en face de l'autre, Angus et Toshio restèrent seuls. Un jet d'eau invisible sanglotait derrière les treillages. Sur les tuiles vertes vernissées glissait un chat persan.

Le garde revint les chercher.

– Vous êtes attendus, messieurs. Premier étage. Mais, avant...

Le type en costume fit mine de fouiller l'agent britannique. Mal lui en prit, le tranchant d'une main cogna sur sa pomme d'Adam; avec un craquement mat, il s'effondra.

– Vas-y, maintenant!

– Comment? Mais, il... hoqueta le Japonais qui ne comprenait plus rien.

– Monte! Fais comme si de rien n'était! J'arrive dans trois secondes.

– Vous êtes sûr? S'agit-il de...

– Exécution!

Tirant le gorille par les pieds, Angus Stuart le dissimula derrière un coffre à ferrures de cuivre.

Toshio gravissait un à un les degrés de l'escalier. La tournure des événements dépassait son sens de la logique. Il tremblait de tous ses membres; la chaîne de la mallette cliquetait à son poignet.

– Je viens tout de suite! lui répéta-t-il.

Mais Angus ressortait dans le patio et, à la force des bras, se hissait à la vigne vierge vers la fenêtre en arc du premier étage – de tels exercices au plus périlleux de ses missions l'exaltaient. Il se stabilisa à trois mètres du sol, la pointe des chaussures sur un rebord cimenté.

Derrière la vitre entrouverte, Ramlasa Hussein, de trois quarts, mâchouillait des loukoums qu'il piquait au moyen d'un cure-dent dans une coupelle.

Plus qu'embarrassé, le valet pénétra dans la pièce décorée de tableaux et d'armes primitives. Sur la dépouille d'un tigre royal, il se plia en deux, saluant à la japonaise.

S'étant essuyé les doigts à une serviette brodée, l'Arabe, qui l'avait regardé entrer, se dirigea vers lui. C'était un petit homme au visage gras, luisant de reflets bleus. Un bourrelet de chair duveteuse sortant du col de chemise marquait sa nuque. Court sur pattes, il paraissait trottiner.

Angus les entendait.

– Mr Drummond, je présume ? demanda Hussein en roulant les r.

– Veuillez nous excuser... Je suis le secrétaire particulier de Mr Stuart. Il a été retenu en bas un instant...

Les mains sur les hanches, Hussein s'inquiéta.

– De quel Mr Stuart s'agit-il ? J'attendais Mr Drummond et son assistant au sujet d'un volume annoté par Arthur Rimbaud...

– Drum... ?

– Drummond! Libraire à Édimbourg!

– *Sorry,* quel nom dites-vous ?

Sentant que ça clochait, Hussein voulut appuyer sur la touche rouge de son interphone. Une détonation l'en retint; poitrine transpercée, raide mort, il s'écroula. L'agent anglais visait juste.

Une cavalcade effrénée retentit dans la cage d'escalier. Ventre à terre, le pétard au poing, une demi-douzaine de sbires, barbus comme des Sikhs, déboulaient à la rescousse.

– Patron! Patron! gueulaient-ils, craignant le pire.

Sous leur charge, la porte valdingua et les Arabes s'éparpillèrent dans la pièce pour buter sur Ramlasa Hussein qui baignait dans son sang.

– C'est lui! Abattez-le! cria l'un des Arabes en désignant le pauvre Toshio.

Les armes automatiques crépitèrent au-dessus de son roulé-boulé...

À couvert derrière un canapé, le Japonais, bien obligé, dégaina le flingue d'Angus. Mais, lorsqu'il pressa la détente, seul un mince filet d'eau en jaillit!

Tentant le tout pour le tout, Toshio risqua alors

une sortie désespérée. Il reprit son souffle et se jeta vers la sortie. Quarante-quatre pruneaux calibre 7,65 se précipitèrent au rendez-vous; ils le soulevèrent d'un bon mètre et le laissèrent salement retomber sur le tapis. L'un des gorilles lui éclata ensuite le bas-ventre à coups de talon.

– Fils de chien! conclut-il avec une grimace.

En équilibre sur son parapet, Angus Stuart n'avait pu à ce spectacle étouffer un gloussement de plaisir : il avait le don des farces et une aversion pour les taupes du contre-espionnage, fussent-elles japonaises et expertes en repassage!

Il jugea bon de ne pas s'attarder. Sans se montrer il se faufila dans le jardin embaumé. Mission accomplie!

– *Stranger in the night...* chantonnait-il en escaladant le mur d'enceinte.

L'automobile allemande lui adressa un appel de phares et, au ralenti, s'approcha.

– Au port, vite!

Dans une heure il serait en mer d'Oman, entre les bras frais et câlins de miss Gimmins. Et si elle le voulait bien, il lui déclamerait des poèmes. Des poèmes saturniens. Après l'amour.

CINQUANTE MILLE DINARS

« J'ai vu passer dans mon rêve
– Tel l'ouragan sur la grève, –
D'une main tenant un glaive
Et de l'autre un sablier,
Ce cavalier. »

Paul Verlaine
Poèmes saturniens

Tropney Cerisana avait des avant-bras de pilote d'avion : courts, musclés, avec de gros poils laineux qui dévoraient le boîtier de sa montre. N'empêche! Le climat africain, les verres de cachaçà et les soucis liés à la Villa-Saïd avaient eu raison de sa prestance et de sa vigueur naturelles. À plus de cinquante ans, l'ex-gymnaste promenait une silhouette essoufflée et, sous une calvitie galopante, une humeur difficile et d'intempestives migraines derrière les yeux.

– Le coin me réussit mal, maugréait-il en tirant les stores de la salle.

Il faut avouer que ses affaires n'étaient pas au beau fixe. La Villa-Saïd, son restaurant de spécialités – couscous, brochettes et tajine royal –, n'avait depuis des années qu'une clientèle de passage qui peu à peu s'effilochait : voyageurs de commerce, vagues relations, touristes égarés, gens du voisinage.

Et puis le quartier, à l'ouest de la ville, périclitait. Mauvaise réputation. Dangereux après six heures. L'état de la route n'arrangeait rien.

– Je suis loin du port... Beaucoup trop loin... Une cinquantaine de couverts par semaine, pas plus!

Derrière un bar ciré qu'épaulaient des étagères de bouteilles et des tabourets, s'ouvrait une salle modeste, plutôt triste, blanchie à la chaux. Douze tables, quarante-huit chaises au dossier de bois cintré. Trois ventilateurs peinaient dans la moiteur. Quelques aquarelles gondolées, ici et là, des cactées dans des pots de terre. Un unique serveur, Malik, tout en os, la pomme d'Adam étranglée sous une cravate noire. Et derrière un rideau de perles multicolores, Rachid, le chef, dans sa cuisine, et puis Sélim, le nouveau plongeur, un gosse bizarre.

Le môme n'était pas là depuis longtemps. Tropney l'avait engagé à l'essai, n'ayant jamais su refuser quoi que ce soit à une femme, fût-elle religieuse : sœur Eudora en l'occurrence.

– Entre Européens, il faut s'entraider, n'est-ce pas ? avait-elle insisté en poussant le mulâtre devant elle. Je compte sur vous, Mr Cerisana.

Sœur Eudora cumulait un poste à la Croix-Rouge, un second à la Mission hollandaise et, de surcroît, dispensait ses services à l'orphelinat de Port-Francis. Certains rapportaient qu'elle était au mieux avec les autorités de la ville; songeant à sa licence, Cerisana ne tenait pas à la contrarier.

– Bon! Eh bien! Que voudrais-tu faire ?

Le rouquin se dandinait et ne répondait pas.

– Il est timide, confia sa protectrice, le sourire entendu.

– Alors, à la cambuse, matelot! essaya de plaisanter Tropney. Justement, mon gars est parti la semaine dernière. T'as pas peur de l'eau chaude, au moins? Te rends-tu compte : tu vas avoir tes deux bacs d'un coup!

Le garçon fit non de la tête, l'air buté.

Il pouvait avoir quatorze ou quinze ans. Sœur Eudora l'avait récupéré cinq ans auparavant sur la route de Telimkat, près de la frontière, chassé peut-être de son village, un baluchon sur l'épaule. Sa mère, une prostituée soudanaise du quartier Montcalm, l'avait abandonné pour suivre le peloton d'un Flamand, fusilier marin dans la Royale, aux pectoraux tatoués d'un cygne. Sélim était roux de poil et noir de peau. Un curieux mélange qui mettait le patron du restaurant mal à l'aise.

– Bon, c'est parfait. Je le prends à l'essai. Revenez nous voir le mois prochain, ma sœur.

– Magnifique! Je savais que vous accepteriez, merci beaucoup.

La religieuse s'éclipsa.

Tropney gratta sa barbe de trois jours, perplexe. Dans quel pétrin s'était-il fourré? Pourquoi avoir accepté de se charger du moutard? La licence était une fausse excuse. Et puis, sœur Eudora n'était pas si influente que l'on voulait le dire. Balivernes!

Devant la pile d'assiettes suintantes de graisse et de harissa, Sélim faisait grise mine. Avec méfiance, le cuistot l'observait en coin. Tropney traversa le rideau de perles et lui jeta un torchon.

– Au turf, mon petit gars! Et que ce soit nickel!

Le garçon se mit au travail en reniflant.

Tropney regagna la salle à manger où deux

tables seulement étaient occupées : un couple de commerçants et un homme seul en costume crème qui fumait des Winston. Le serveur avait mis de la musique – *Je suis seule ce soir* de Léo Marjane – et distribuait les menus plastifiés.

– Tout est si continuel ! soupira Tropney en se versant une bière dans un verre à whisky.

Mais, depuis l'arrivée du mulâtre, le restaurateur se sentait dans l'estomac comme un méchant ballonnement qui ne voulait pas se dissiper. Avec une bière, il se força à roter sans y réussir. Puis, derrière le bar où il s'assit, Tropney eut du mal à respirer ; brusquement, il réalisa qu'il n'avait cessé de songer à l'Ange exterminateur de l'Apocalypse... À cette évocation de cauchemar, son cœur cognait dans sa poitrine, affolé.

***

Trois semaines passèrent.

Sélim avait maintenant ses habitudes dans la maison. Le matin, de sept à neuf, il faisait la vaisselle du soir et, après seize heures, celle de midi. Il était chargé aussi du nettoyage de la salle, tables comprises, et s'en débrouillait de manière honorable.

Comme les deux autres employés, il mangeait à la cuisine avant la clientèle et disposait d'un jour de libre par semaine. Par commodité plus que par gentillesse, Cerisana lui avait donné les clés de la remise ; dans un angle, sur un matelas, le gosse s'était aménagé un coin à lui avec, punaisés au mur, une vue des pyramides et du sphinx, un calendrier des postes françaises et le plan de la ville.

Mais, depuis le début, le patron de la Villa-Saïd évitait son plongeur. Il a le mauvais œil, pensait Tropney. Sans l'avoir formulé, Malik et Rachid semblaient du même avis. De lui-même, d'ailleurs, le rouquin s'était mis en quarantaine : il ne parlait guère, répondait à peine ou par de simples hochements de tête, mangeait le minimum, ne paraissait pas dormir. Et, parce qu'il évitait les autres, inquiétait tout le monde.

– De toute façon, à la moindre boulette, je le vire... Sœur Eudora ou pas!

Les jours de congé, Sélim préférait rester dans la remise. Il avait récupéré un jeu de cartes et, entre les dames-jeannes d'huile d'olive, les chapelets d'oignons et les sacs de riz, s'essayait à d'interminables réussites.

Une fois, cependant, Tropney le vit passer en trombe : il était trois heures de l'après-midi et le garçon sauta dans le bus. Très intrigué, le patron qui feuilletait son journal sur la terrasse décida de le suivre. Attrapant son chapeau de paille, il dégringola les escaliers.

– Qu'est-ce qui lui prend? C'est bien la première fois que je le vois quitter sa tanière!

Un taxi vadrouillait par là; le patron le héla.

– Suis ce bus, vite!

– *Sixty dinars.*

– Eh! J'suis pas touriste! En voici cinq! répliqua Cerisana en montant à l'arrière.

L'auto déboîta, pétaradante. Une poupée arabe oscillait, paupières clignotantes, sous le rétroviseur.

– Haschisch ? *Girls ? Fucky-fucky ?* essaya le chauffeur sans beaucoup de conviction.

– Fais pas chier, roule !

Quelques minutes plus tard, Sélim descendait à l'arrêt du centre-ville. Comme s'il connaissait le quartier du port, il laissa la grand-place sur sa gauche, obliqua par le souk et se dirigea droit vers les bassins.

Le mulâtre marchait vite, sans hésitation, se faufilant avec habileté parmi la foule des marins et des badauds. Manquant d'exercice, Tropney avait du mal à ne pas se faire distancer.

– Le voilà qui file au radoub !

Au bassin n° 4, face à un vieux cargo mauritanien que la rouille grignotait, le mulâtre finit par s'arrêter.

Ce bateau n'avait rien de particulier ; il paraissait hors d'usage, bien incapable de ressortir du port même par temps calme. Contre sa coque, sur une eau tachée de fuel, trois pinasses ballottaient entre des bouteilles en plastique.

– Ah ! Enfin ! murmura Tropney, en se cachant derrière un chariot-élévateur pour reprendre haleine.

Le garçon s'était assis entre les plots d'amarrage, jambes dans le vide. Tropney le vit sortir de sa poche un sachet de graines de tournesol et en mâcher quelques-unes... Les yeux rivés sur le navire, Sélim ne bougea plus pendant deux heures.

Dépité, le patron de la Villa-Saïd retourna sur ses pas, en grommelant :

– J'en suis pour mes frais. Je vais tourner en bourrique avec lui ! Il ne peut rien faire comme tout le monde.

***

Sœur Eudora revint sans prévenir. Elle portait une robe grise sans manches sur laquelle brillait une croix, une coiffe foncée et des sandalettes en cuir dont les lanières, répétait-elle, lui martyrisaient les chevilles.

Au moyen d'une petite éponge végétale qu'elle serrait dans sa main, elle se tamponna sans façon le front et les aisselles.

– Quelle chaleur!

Cerisana la fit entrer dans la salle. Ils s'assirent l'un en face de l'autre à une table. Malik leur servit du thé à la menthe et dans une coupelle quelques loukoums roses et poudrés.

– On devrait pourtant avoir l'habitude et c'est tout le contraire. S'y fait jamais. Encore ce matin, à onze heures : trente-neuf degrés.

– De votre avis, Mr Cerisana.. Alors comment va Sélim ?

Tropney évita de confier quoi que ce soit au sujet du « mauvais œil » du mulâtre. Je vais passer pour un fieffé imbécile, pensa-t-il, et il poursuivit en avalant sa bouchée :

– Parfait, oui, parfait. Un excellent plongeur... Poli, gentil... Encore sur sa réserve, mais...

– Il a beaucoup souffert, c'est compréhensible.

– Cela dit, pour l'avenir, je ne pense pas que je pourrai encore...

– Tant mieux, Mr Cerisana, tant mieux! Je l'espérais de tout cœur... Aussi, étant donné que... Je veux dire : puisque nous sommes d'accord sur le principe, avez-vous songé à ses appointements ?

– Pardon ?

– Un salaire... Oui, Sélim travaille chez vous depuis presque un mois, et il me semble convenable que...

– Euh, en effet !... Dès la fin de cette semaine, hormis le fait qu'il soit logé et nourri par mes soins depuis le début, j'envisageais... Enfin, je pourrais le dédom...

– Je me suis renseignée de mon côté, l'arrêta-t-elle. Et même si je ne suis pas une femme d'affaires, vous pourriez tout de même...

Sans attendre, sœur Eudora traça au stylo-bille quatre chiffres bleus sur une serviette en papier. Le patron se contorsionna pour lire la somme.

– Tant que ça ? fit-il, incrédule.

Il exagérait sa surprise mais le jeu ne l'amusait pas. Il avait le désagréable sentiment de tomber, pieds et poings liés, dans un piège ourdi de longue date.

– Voyons !

– Tout de même, pardon ! Excusez-moi ! ajoutait-il, théâtral.

Tropney fit mine de se lever. Sœur Eudora reposa son verre de thé et changea de ton.

– Comprenez la situation, Mr Cerisana. Il est temps que les gens de ce pays vivent d'une manière décente... Vous êtes un Européen aux idées avancées, aussi serait-il de bon goût que vous donniez l'exemple... Par ailleurs, pour ce que vous savez, vous aurez mon appui, tout mon appui...

– Hein ? Que voulez-vous dire ?

– On reparle de la démolition du quartier. La

« réhabilitation », n'est-ce pas ?... Élargir les bassins, installer des grues modernes, construire de nouveaux docks et plusieurs lignes de voie ferrée... Enfin, tout quoi !

– Mais je croyais le projet enterré ! s'alarmait Tropney, qu'une suée froide avait envahi.

– Nullement ! Le nouveau maire y tient beaucoup. Question de prestige ! Dans ce cas, pour votre licence d'exploitation, son renouvellement, dans un nouveau quartier, je me porterais...

– Vous me l'apprenez, balbutia le patron que la nouvelle abasourdissait.

– C'est la pure vérité. D'ici six mois, les bulldozers...

– Comprenez ma position... Je suis plus attaché à ma licence qu'au quartier lui-même. Toutefois, il y a eu pas mal de jalousies autour de mon établissement. Malgré tout, nous restons des étrangers. Mais, bien sûr, si vous m'assurez de votre soutien... Dans ce cas...

– Affaire classée ! Puis-je voir « notre » garçon, maintenant ? fit-elle, ambiguë, avec un geste agacé.

– Euh... Je l'appelle tout de suite, céda Tropney. Sélim, s'il te plaît !

Torse nu, le torchon à la main, le mulâtre sortit de la cuisine de mauvaise grâce. À son habitude, il gardait la tête basse, serrait les dents et traînait des pieds sur le carrelage. En nage, il puait la soude à trois mètres.

– Bonjour Sélim ! minauda la sœur.

– 'Jour.

– Comment ça va ? Et avec Mr Cerisana ?

– J'sais pas, répondit le gosse, renfrogné.

– Si, si, tout va bien. Aucun problème, Sélim.

Mais je vais vous laisser causer ensemble, dit Tropney, j'ai du travail qui m'attend.

Le patron de la Villa-Saïd fit une boule avec la serviette en papier et quitta sa chaise, pas mécontent d'en finir.

C'est alors que son épaule heurta celle de Sélim qui s'était approché. Une fraction de seconde, leurs deux regards se croisèrent comme des lames; Tropney se sentit vaciller. Une vague de terreur montait en lui pour l'étouffer, tandis qu'une voix sourde, détachant les syllabes, résonnait à ses oreilles : l'Ange exterminateur! l'Ange exterminateur!

Les paroles de la Bible lui étaient revenues en mémoire; elles claquaient dans son cerveau comme des drapeaux pris dans la tempête : « *Je vis un ange puissant, qui descendait du ciel, enveloppé d'une nuée, au-dessus de sa tête était l'arc-en-ciel, et son visage était comme le soleil, et ses pieds des colonnes de feu...* »

Ce torse d'ébène, luisant de sueur, ces cheveux couleur de rouille, et ces yeux qu'on aurait dits de braises, qui vous clouaient au sol, vous poignardaient! C'était bien un Ange exterminateur, l'Ange de l'Apocalypse! Le grand Annonciateur!

Tropney crut défaillir. Ses jambes flageolaient sous son propre poids. Retenant un cri d'horreur, il recula, blême, et s'enfuit en titubant.

Dehors, dans la rue bordée de palmiers, Tropney avait dû s'arrêter pour s'appuyer contre un mur. Un long frisson, qui se propageait à chaque respiration, le traversait encore convulsivement de la tête aux pieds. Usant de ses dernières forces pour parcourir une centaine de mètres, il alla s'affaler sur l'un des bancs jouxtant la fontaine. Peu à peu, son rythme cardiaque ralentit; il retrouva ses esprits.

– Quel choc! Bon Dieu, quel choc! Une vraie décharge électrique! Je deviens branque ou quoi?

Sur le boulevard d'en face, aux trottoirs défoncés, des camions pleins d'ouvriers en bleu de chauffe remontaient vers le centre-ville. Des enfants sales et morveux jouaient au ballon dans les cours. Un âne chargé de fagots apparut, disparut. L'ombre disputait à la lumière chaque muret de terre rouge.

Le soir tombait.

– Bon, récapitulons... Ce gosse est démoniaque, il n'y a plus de doute... À moins que ce ne soient de simples hallucinations? J'en parlerai au docteur d'Erlange, la prochaine fois... Prendre des calmants, s'il le faut... De toute façon, je ne bois plus une goutte d'alcool d'ici les prochains mois – et d'une! Je l'évite, « lui », jusqu'au renouvellement de ma licence et après basta! – de deux. Et je ressors mon flingue – doit se trouver dans la cantine du haut – , une excellente garantie au cas où il deviendrait menaçant... Légitime défense... Je m'arrangerai pour le lui montrer... Qu'on se comprenne bien, lui et moi... D'ici là, prudence et sang-froid... Gaffe tout de même... En attendant cette putain de licence!

Au loin, sur la route, une flaque de boue étincela puis s'éteignit. Dans l'air où flottaient des relents de viande grillée, on sentait sourdre la fraîcheur piquante de la nuit.

Une main se posa sur Cerisana.

Perdu dans ses pensées, il sursauta. Il s'agissait de Ramón, un Espagnol, le loueur de voitures du boulevard Mohammed. Le patron n'avait jamais apprécié son genre huileux, teint olivâtre et cheveux lustrés de gomina. Toujours sa dégaine de danseur mondain, nota Tropney, en détaillant le costume de lin et les mocassins en reptile.

– Hum! Salut!

– *Salaam!* Je te dérange pas?

– Non, non... Mais je suis claqué, je rentrais.

– Je voulais te voir, justement.

Ramón alluma un cigarillo.

– Les affaires?

– On fait aller, soupira Tropney.

– Pas brillant, quoi!

– Pas terrible, en effet, mais je m'arrange.

L'Espagnol s'approcha plus encore. Tropney sentait son haleine sur son cou.

– J'ai une proposition... Tu te souviens, il y a sept ans. La même chose. Le même « service ».

– T'es cinglé? Hors de question! répliqua le patron.

– Les foies?

– Trop dangereux, plutôt. Y a les carabiniers de la Guardia. Et puis, à l'époque, c'était la guerre.

– Tu devrais y réfléchir pourtant. Tu te doutes que ça ne va pas être facile pour toi les prochains mois...

– Quoi? Comment ça?

– La ré-ha-bi-li-ta-tion, mon vieux... T'es pas au courant? Tu seras le premier touché. Si t'as pas la nationalité, tu plonges! Adieu la jolie Villa-Saïd!

– Tu délires, Ramón. J'ai tous les appuis nécessaires.

– Ben, voyons. Ils fondront au soleil à la première opposition... Alors, pour mon truc : c'est un Italien... Passage de frontière, du côté de Telimkat. Cinquante mille dinars cash. Je t'appelle demain soir au téléphone. Tu pourrais t'en occuper avant mercredi... C'est pressé pour tout te confier. J'ai confiance en toi. Les autres sont d'accord. Tu y réfléchis ?

– Fous-moi la paix!

Et le patron obliqua vers son restaurant en marmonnant.

***

À la table 8, le client avait commandé un brick au thon, un tajine de poulet au citron et une assiette de piments doux. Il buvait du vin rosé. Seconde carafe. Et puis du café noir qu'il arrosait d'eau-de-vie de prune.

Cerisana consulta sa montre : vingt-trois heures trente. La salle s'était vidée.

– Vas-y pour ce soir! lança Tropney à son serveur. Je me charge du dernier.

– Merci, patron. À demain.

– Je fermerai. À demain, Malik.

Tropney prit son verre d'aspirine sucrée et s'installa en face du client qui suçait un cure-dent.

Le type devait avoir une trentaine d'années. Un jeune fauve très maigre et très nerveux avec du sparadrap en travers du sourcil gauche. Probablement un tueur à gages. Son regard ne cillait pas.

Pour l'amadouer, Tropney lui proposa une cigarette de son paquet.

– Des Chéops, mes préférées. J'en garde une réserve du temps où je travaillais à Alexandrie.

– Merci.

– Bien dîné ?

– Correct.

– Italien ?

– Napolitain, répliqua-t-il, sur ses gardes.

– En cavale, bien sûr ?

– ...

– Argent ?

L'autre lui remit une enveloppe de papier kraft.

Le patron la décacheta et compta un à un les billets de banque.

– Quarante-huit, quarante-neuf, et cinquante... Le compte est bon.

– Vous en doutiez ?

– Non. O.K., vous m'attendrez dans le camion, un trois tonnes Opel, sable foncé, garé derrière le restaurant. À l'arrière, sur le plateau, le fût n° 6 a un double fond. Il a déjà servi, aucune inquiétude. On décolle à trois heures trente du matin... Ah ! j'oubliais : je ne serai pas seul dans la cabine.

– Qui ?

– Mon alibi... Un garçon de la région...

– Entendu. Mais je ne veux ni le voir, ni être vu par lui.

– D'accord. D'ici là, essayez de roupiller sur la plate-forme... Il doit y avoir une couverture. Vous aurez à marcher une heure ou deux.

– C'était prévu ça aussi ? râla le type.

– Un piton à monter et à redescendre, rien de sérieux. Et après : la *libertad!*

– La *libertà,* rectifia le Napolitain en écrasant son mégot dans sa tasse à café.

– Comme vous voudrez... L'addition est pour moi, laissez. Allez-y maintenant.

Et à la façon dont l'Italien enfila sa veste avant de quitter sa chaise, Tropney comprit que l'homme était armé.

Au-dessus du restaurant, dans cette chambre piteuse où le papier se décollait des murs, Tropney Cerisana se sentit d'un coup très las.

Une boussole, une lampe-torche, un thermos, une carte annotée et un Browning GP 35 s'alignaient sur le dessus-de-lit en cretonne. Il fourra d'autres affaires dans un sac de toile puis en serra et noua le lacet.

– Paré à toute éventualité, murmura-t-il en s'observant dans la glace au-dessus du lavabo. Et si je me fais pincer par les carabiniers, je pourrais toujours prétendre que je reconduis Sélim chez lui, dans son village natal. Après tout, il est de Telimkat. Quoi de plus normal qu'un patron raccompagne son apprenti chez lui ? Est-ce ma faute, à moi, si son bled se trouve à moins de deux kilomètres de la frontière ? Et puis, on sera encore sur la route du marché d'Arkmourt, alors !

La lumière verte du néon accentuait ses traits en les empâtant. Du doigt, Tropney appuya doucement sur les poches qui gonflaient ses yeux. Il se trouva les dents jaunes.

– Mauvaise mine ! Je vais tâcher de dormir, se persuada-t-il. Espérons que je ne fais pas une bêtise en emmenant ce gosse...

Il se coucha tout habillé. Et dans ses rêves hachés, le visage du jeune mulâtre revint sans cesse, grimaçant, auréolé de feu, tordant du seul regard des barres d'acier et des cônes de gaz bleu...

⁂

Une sonnerie aigre l'arracha du sommeil. Trois heures.

– Merde !

Tropney alluma sa lampe de chevet et remit ses rangers. Il s'aspergea d'eau froide. But une gorgée de thé dans le thermos pour avaler deux cachets roses. Puis il ferma la porte derrière lui et descendit par l'escalier jusqu'à la remise, la poche de pantalon déformée par le pistolet automatique.

Sélim dormait à moitié nu dans une odeur d'oignon et de paille. En évitant de trop le regarder, Tropney lui braqua sa torche dans la figure.

– Debout, soldat ! Tu grimpes dans le camion ! lui ordonna-t-il. On va au marché d'Arkmourt acheter du mouton. Prends un chandail, il fait frais la nuit.

Sans bien réaliser, le mulâtre le suivit comme un automate au point d'ailleurs que Tropney se demanda s'il s'était vraiment réveillé.

Dans la cour, l'Opel luisait sous la lune pleine.

Les portières claquèrent avec un bruit mat. S'étant assuré de son « chargement », fût n° 6, le patron démarra.

À sa droite, Sélim s'était rendormi, le visage enfoui dans l'angle de son bras, les jambes repliées.

Et le Rital qui fermente dans son tonneau ! pensa Tropney. Quelle promenade ! Service de nuit : un maboul et un tueur ! Tout ce bataclan pour cinquante mille dinars – à peine de quoi me refaire. Je vieillis, décidément, je vieillis.

Au bout d'un quart d'heure, le camion quittait les faubourgs de la ville et, virant à l'est, s'engageait sur la route des montagnes.

Bientôt, il n'y eut plus aucun arbre mais des masses énormes de rochers, qui miroitaient sous les phares. De rares buissons d'épineux tremblaient dans le mugissement du vent. Blanches et glacées, des cascades rugissaient dans le vide.

– Lunaire le paysage! commenta Tropney en ralentissant.

À quarante kilomètres à l'heure, il gravissait en seconde les pentes successives. La piste n'était pas mauvaise, plutôt imprévisible à cause des rigoles creusées par le ruissellement des eaux vers la vallée. Toutefois, Tropney avait l'habitude du pays et il connaissait bien son vieux camion.

Le patron observa Sélim. Le gosse dormait toujours en chien de fusil, sur la banquette. Un léger ronflement teintait sa respiration.

– Tant qu'il se tient à carreau, celui-là...

Il alluma une cigarette et passa son coude à la portière. Sous son polo sautillait une croix en or. Et le pistolet automatique contre sa cuisse se réchauffait.

– Bah! Une petite promenade touristique... Et si je retombe dans la métaphysique, j'ai les dragées qu'il faut...

Parvenu au sommet du plateau, l'Opel accéléra.

À cause de l'altitude, la température avait baissé. Du givre mordait le pare-brise. Le patron enclencha le chauffage. La route était toujours déserte, le paysage dur avec des ombres violettes, de noirs précipices. Enfin, la descente s'amorça et les virages reprirent...

Ils roulaient déjà depuis plus d'une heure lorsque, du sac en toile, Tropney sortit son attirail : une paire de lunettes à infrarouges reliée par des fils à cinq piles scotchées entre elles comme des bâtons de dynamite.

– Souvenir militaire!

Il les chaussa, déverrouilla les électrodes, régla l'intensité des cellules photo-électriques. Un grésillement parcourut les branches de la monture. Le patron coupa le moteur et les phares du camion. Au travers de ses verres, luminescente, la route cendrée irradiait sous des lambeaux de lune. La montagne semblait irréelle, magique.

Désormais silencieux, invisible, le trois tonnes continua de descendre, emporté par son poids; le nez à la portière, Cerisana corrigeait au frein et au volant la course fantôme de l'Opel – il retrouvait dans ses jambes le réflexe du chauffeur qu'il avait été, jadis, pendant la guerre.

Après deux kilomètres de la sorte, parvenu au pied de la montagne, il stoppa sur le bas-côté, en lisière de la frontière, à couvert d'un gros rocher, sans un bruit.

– Nous y voilà!

Tropney retira ses étranges lunettes, saisit la lampe-torche et quitta la cabine.

Le Napolitain était sorti du tonneau.

Main dans la poche, serrée sur son arme, le patron s'approcha de lui avec précaution. Il faut se méfier avec ces zouaves, songea-t-il. C'est au dernier moment qu'ils font des blagues... Jouer au témoin, c'est jamais bon...

– O.K.! La frontière se trouve derrière ce pic. Prenez par la gauche sur cinq cents mètres puis obliquez pour le contourner. Ensuite, tout droit, lui indiqua-t-il. Ça grimpe mais on n'a rien sans rien!

– Carabiniers?

– Ils roupillent à cette heure-ci. Mais il faut traverser avant le début du jour. Sinon, vous pourriez être vu par les postes de garde ou la première patrouille. Vous avez une heure devant vous, termina Tropney d'une voix ferme.

L'autre releva le col de sa veste et sauta du camion. Ses souliers couinèrent sur les pierres.

– Prenez ça!

Tropney lui donna une paire d'espadrilles.

– Le silence est d'or. *Good luck!*

L'Italien sourit, énigmatique, et se volatilisa parmi les formes minérales.

– Et cinquante mille dinars dans le tiroir-caisse! conclut le patron, soulagé.

Lorsque Tropney Cerisana referma la portière, Sélim se réveilla en sursaut, comme piqué par une vipère.

– Tiens, le v'là!

Le trois tonnes redémarra et prit de la vitesse. À présent, il n'y avait plus rien à craindre : le Napolitain était loin.

Le jour se levait, dévoilant de l'herbe et des buissons.

– On sera à Telimkat dans vingt minutes. Ensuite, direction Arkmourt, le marché aux bestiaux!

Le gosse se frotta les yeux avec les poings et se redressa. Sa taille surprit le patron.

– Où on va?

– Je viens de te le dire : Telimkat puis Arkmourt. On achètera des pièces de viande. Tu m'aideras à charger le camion.

– Veux pas y aller!

– Quoi? C'est pourtant ton bled, non?

– Demi-tour! siffla le mulâtre entre ses dents.

– Tu plaisantes? s'inquiéta Tropney qui, instinctivement, appuyait sur l'accélérateur.

Telimkat était en vue au fond de la vallée : quatre centaines de mechtas pressées autour d'un minaret et d'un fort militaire en terre brune.

– On arrive chez toi, regarde.

– Demi-tour, je te demande! hoqueta le garçon. Et sa poitrine se compressa pareille à un soufflet de forge.

Rassuré par son arme, Tropney tâcha de le raisonner :

– Écoute-moi, il n'y a pas lieu de t'affoler. Nous y serons dans un quart d'heure... Si tu ne veux pas m'accompagner, je te déposerai sur la route avant le village et te reprendrai au retour. D'accord?

– Non, non! Demi-tour! Tout de suite! Je ne veux pas!

Ses poings tambourinaient contre le pare-brise. Il ne se contrôlait plus. Une odeur musquée d'animal montait dans la cabine.

– Demi-tour!

– Tais-toi maintenant! lui cria le patron sans pour autant ralentir.

– Arrête! Arrête! grondait le mulâtre, d'une voix menaçante.

En proie à une agitation extrême, Sélim devenait méconnaissable. Secoué de tremblements, hideux, des veines gonflées de colère battaient à son cou. Tropney croyait voir la rouge chevelure se dresser sur son crâne.

– Arrête-toi! Vite!

L'assurance du patron se fissurait.

– Je rêve ou quoi?

Il changea de méthode :

– Hors de question, merde! Tu m'entends, Sélim : hors de question! Tu délires à bloc! T'en veux une?

Et il fit mine de le gifler.

Aussitôt, mû par un ressort, le gosse sauta sur lui et tenta d'agripper le volant. D'un coup d'épaule, Cerisana se dégagea. Les pupilles semblables à des billes d'acier, le mulâtre revint à l'assaut. Il saisit le bras de l'homme et le tordit. Le camion fit une embardée, tapant contre la muraille. L'Opel freina en catastrophe pour repartir de plus belle.

– T'es cinglé! hurla Tropney, terrifié.

– Veux pas y retourner, veux rentrer!

– Lâche-moi!

Mais Sélim ne le lâchait pas; ses deux mains le broyaient comme un étau. Parvenant à le repousser une seconde fois, Tropney voulut l'intimider et dégaina son flingue.

L'arme lança un éclair pitoyable qui eut l'effet inverse. Redoublant d'ardeur, vociférant tel un démon, le mulâtre chargeait encore et, usant d'une énergie décuplée, tirait le patron sur la banquette.

Arc-boutée, sa victime tenta de résister mais, les membres soudés, anéantie d'effroi, rompit la lutte.

– Jésus-Marie, c'est bien lui! L'Ange exterminateur! reconnut Tropney, blanc comme du marbre, dans le camion qui brimbalait.

Ses forces se liquéfièrent.

Sa volonté s'était dissoute. Il lui parut s'éloigner de lui-même puis retrouver un corps qui ne lui appartenait plus. Mais la sensation d'impuissance qui l'envahissait désormais le soulageait : entre les griffes du monstre roux, il n'était qu'une proie dérisoire, ridicule, déjà une pauvre dépouille. Glissant pareil à un pantin de sciure et de chiffon, il abandonna le volant, vaincu d'avance.

À quoi bon contrecarrer son destin, fût-il cruel ?

En un sursaut qui disait oui, torrent pénétrant le fleuve qui l'emporte, Tropney Cerisana se livra comme on se donne : le fil ténu de sa vie cassa net sur le ruban de la route. Alors, comme si tout avait perdu la raison, le paysage tangua devant le pare-brise, des rochers roulèrent de partout en avalanche, le ciel fracassa la carlingue et, sans contrôle, malmené par des lois supérieures, l'Opel versa droit dans le ravin...

UN ACCIDENT MINEUR

Comment aurait-il pu vivre, ne serait-ce qu'une journée, au milieu de toutes ces brutes puant l'étable ?

Bradis salua le vieux chef et remonta en hâte dans sa Land-Rover. Ses élans humanistes avaient fondu comme neige au soleil en moins de deux semaines de « terrain ». La mission touchait à sa fin et notre sociologue s'en félicitait. Dans trois jours il serait de nouveau à Genève, au siège de l'Association, repris par ses habitudes et confortablement installé dans son bureau à l'étage de la présidence... L'Afrique orientale resterait un mauvais souvenir, étape obligée pour sa carrière : juste de quoi assaisonner ses rapports d'une réflexion pertinente, illustrer ses publications futures par les photos adéquates. Après tout, il en connaissait plus d'un dont le parcours professionnel n'avait jamais dépassé les rives du Léman ! Pas compliqué de briller aujourd'hui : la barre est si basse.

Antoine Bradis claqua sa portière et reprit la piste de Kojouba.

Sortant du village masaï, il accéléra à fond, soulevant à ses trousses un parachute de poussière rouge. Un troupeau de chèvres apeurées se débanda ; deux garçons surgirent d'un buisson d'épineux. Le plus grand parut le maudire. Dans son rétroviseur, Bradis le vit lever son bâton puis rapetisser.

En comptant une moyenne de quarante kilomètres à l'heure, un somme de cinq heures au bord de la piste, le sociologue arriverait au camp B le lendemain à l'aube. Ensuite, avec le reste de l'expédition, il rejoindrait en trois heures le terrain d'aviation du révérend Fourms où un avion Piper les déposerait à Nairobi.

Une douche, un cocktail tassé, une bonne nuit de sommeil à l'hôtel d'Angleterre, et il ne paraîtrait plus rien de sa détestable virée dans les tribus... Oui, c'est ce qu'il comptait faire : oublier cette équipée africaine, la rayer de sa mémoire. En Europe, il s'était trop longtemps joué du violon sur son aptitude à la Fraternité et au Partage pour ne pas tomber de haut lorsqu'il avait réalisé que l'intérêt de ses semblables variait en proportion du chargement de son véhicule. Sitôt le coffre de sa Land-Rover ratissé, caisses de médicaments, lait condensé et biscuits vitaminés, tout juste si ce bon peuple lui adressait encore la parole ! Pour lui-même, en ce sens, le voyage avait été un énorme gâchis : en regardant le monde en face, Bradis se retrouvait démuni, dépossédé de ses rêves, pitoyable sans ses grandes idées. Le doute le rongeait. La vie s'avérait-elle un si bon scénario ?

Bradis songea à Anna, son épouse, et soupira. Leur gentille petite existence lui semblait si lointaine. Que pouvait-elle faire à cette heure ? Voyons, compte tenu du décalage, elle devait se trouver encore à l'université, discutant avec ses collègues autour du distributeur automatique de café. D'ici une demi-heure, elle rentrerait chez eux en Austin, à Vevey, sur les bords ombragés du lac. Elle trouverait sa carte postale, postée quelques jours auparavant de Nairobi. Sur la platine du living-room Anna poserait « leur » symphonie : la Cinquième de Vaughan Williams. Et, du fond du canapé, les yeux sur la douceur argentée du lac, après plusieurs coups de téléphone aux amis, sa soirée s'éterniserait...

La piste bifurqua devant son volant, contournant sur plusieurs kilomètres les derniers massifs du Kilimandjaro.

Le coin était désert. Hormis de fugaces hardes de zèbres, assommées de chaleur et de mouches, Bradis ne croisait âme qui vive. Même s'il ne connaissait pas la région, le jeune sociologue s'y déplaçait sans difficulté majeure, un œil sur la boussole, l'autre sur la carte, routine de navigation à laquelle il s'était rompu. Un temps, certes, il avait hésité sur sa direction, pensant s'être trompé d'un degré, corrigeant aussitôt pour revenir sur sa décision. La piste à peine esquissée où il roulait depuis une heure ne pouvait être que la bonne, ainsi en avait-il décidé... À environ cent quatre-vingts kilomètres Bradis rattraperait les membres de son Association. Après avoir réparti la distribution des vivres et des médicaments sur le secteur, il avait insisté, deux jours plus tôt, pour partir seul. Valrange et le docteur Sarkof l'attendraient jusqu'à midi au camp de Kojouba avant de gagner le terrain d'aviation. Dès qu'il aurait réincorporé le convoi, ce serait du gâteau...

Bradis voulut s'arrêter après quatre heures de route. Il fit le point sous l'ampoule du plafonnier et, à l'égal d'un marin sur l'océan, cercla d'un trait sa position sur la carte d'état-major. Surprise! Il lui restait un sacré bout de chemin : une erreur de calcul lui avait fait contourner une dépression qu'il aurait dû descendre... Mais, maintenant, la nuit tombait. Une chape de plomb avalait le relief, colmatait la vallée, noyant les fourrés et la silhouette des arbres aux alentours. La masse virginale du mont Kilimandjaro s'était dissoute dans l'humidité puis sous un réseau dense de nuages sombres. Le ciel avait paru se refermer ou plutôt se soustraire, tandis qu'une lueur laiteuse, mal circonscrite, ondulait sous des brumes au ras du sol.

Décidé à passer la nuit là où il se trouvait, le sociologue descendit de son véhicule et alluma un feu de camp comme Valrange, le guide belge, lui avait enseigné. Il ouvrit une boîte de corned-beef, un sachet de biscuits et deux canettes de bière Nissya.

– Ici ou bien ailleurs, pensa-t-il tout haut.

Déchaussé, assis sur une pierre, Bradis dîna avec plaisir. La route avait creusé son appétit, attisé sa soif. Endoloris par les cahots du voyage, ses muscles tiraient. Mais la présence du feu autant que la saveur des aliments le réconfortaient; l'alcool déliait ses nerfs, émoussant réflexes et conscience.

– Demain, oui, tout sera fini, se répétait-il.

Après un thé bu dans le capuchon du thermos, le sociologue installa son couchage sur la banquette arrière de la Land-Rover : un « sac à viande » en toile imperméable, avec un polo bourré de serviettes pour oreiller. Voulant se dégourdir les jambes avant de s'endormir Bradis saisit sa lampe-torche et s'éloigna du campement.

Devant lui, sous le halo vacillant de sa lampe, tout paraissait calme, immobile, comme pétrifié sous l'espace. Pas un souffle de vent, pas un bruit, juste cette savane primitive, pleine de son indifférence, flottant dans le néant, néant elle-même. Et puisque les nuages bleu carbone étouffaient le peu de clarté, que le ciel restait sans étoile, Bradis se concentra sur sa marche, attentif, respirant l'air piquant qui palpitait sous la trouée de sa torche. Au travers de ses chaussettes, remontant dans ses jambes, il sentait vibrer le sol de l'Afrique... Lors de sa première nuit sur le continent – quel enfantillage! –, il avait tenu à coucher dans un trou creusé dans la terre. Recouvert de branchages, à proximité du feu de camp, il avait passé là, affirmait-il le lendemain au personnel de l'expédition, l'une des meilleures nuits de son existence, le corps traversé par les vastes courants telluriques. Au matin, il criait sa joie : ragaillardi, régénéré, frais et dispos tel un nouveau-né! Sarkof, qui préférait le confort spartiate du lit de camp, l'avait semoncé :

– Et les scorpions? Y avez-vous réfléchi, mon jeune ami?

– Vous connaissez le proverbe arabe : « Seuls vos proches sont des scorpions », avait fanfaronné Bradis.

– Belle ineptie!

Cet excès de mysticisme le faisait sourire à présent. Il avait vieilli depuis son arrivée au Kenya.

Assez d'écologisme à la gomme! À trente-quatre ans, il préférait avoir l'âme d'un vieillard plutôt que des illusions.

Bradis poursuivit sa promenade. Entre les cailloux la terre se changeait en sable. Des touffes d'herbes sèches griffaient un semblant de dunes. Il distingua des formes effilées qui pouvaient ressembler à des arbustes.

– L'impression d'être seul au monde, reconnut Bradis non sans inquiétude. Avec le ronflement de la Land et les flammes du foyer, j'ai effrayé toute vie à la ronde.

Il lança une pierre devant lui qui rebondit dans le noir.

Un sentiment d'abandon l'avait saisi; frissonnant, il décida de revenir vers son campement. Les éclairs sonores du feu le guidaient au travers de la pénombre... Le sociologue avait dû parcourir une centaine de mètres lorsqu'il s'arrêta de nouveau pour uriner sur une souche. À la seconde où il reboutonnait sa braguette, il réalisa que quelque chose rôdait aux alentours. Un animal? Un homme? Était-ce possible? Et même si ses yeux, impuissants, semblaient lui mentir, il ressentait l'écho sourd d'une présence qui rampait. Bradis approcha, tendu, regrettant de n'être pas armé. Il suait à grosses gouttes, le cœur cognant dans sa gorge. Le camp s'avéra vide. Mais il n'avait pas rêvé: la preuve, ses rangers avaient disparu, elles n'étaient plus auprès du feu! Volées!

Bradis s'éveilla, la tête lourde, le dos perclus de courbatures: il s'était endormi sur le siège du conducteur... Il nota tout de suite qu'il n'avait ni éteint ses phares, ni coupé le contact du moteur. Celui-ci avait calé; la batterie était morte pendant la nuit.

Inspectant le coin, le sociologue ne décela rien d'anormal et baissa sa vitre. Quelques buffles sauvages, crayonnés au fusain, paissaient sous des arbres tordus.

Parce qu'il était six heures du matin, la savane africaine avait repris vie sous un ciel bleu, étonnant de dureté. L'air tremblait sous le murmure de la chaleur. Le silence était une onde.

Bradis descendit de sa Land, prudent, un œil sur son *bowie-knife*. Des mouches vengeuses zézayaient autour de la voiture. Le sociologue ne reconnut pas l'endroit : en fait, affolé par la « présence » de la veille, il avait roulé à un train d'enfer pendant trois quarts d'heure, en pleine nuit, cherchant à mettre le plus de distance possible entre lui et cette... chose. Il avait agi comme un novice. Aucune cervelle! La moitié de son paquetage laissé là-bas, en vrac... Il aurait pu au moins essayer d'appeler. Un chasseur? Un bouvier campant à proximité, attiré par les crépitements de son feu? Avait-il même bien cherché ses rangers? De toute façon, on ne roule pas à tombeau ouvert dans la savane à plus d'une heure du matin! La panique avait parlé à sa place, et trop vite. Pauvre imbécile! Mais où était-il?

Bradis consulta la boussole miniature incorporée à son bracelet-montre. Grosso modo, il avait dû parcourir une trentaine de kilomètres et, à peu près, dans une même direction. Le sociologue se concentra. Il essayait de revisualiser la topographie de la région : les différents massifs, les rares villages masaïs, la fissure géologique qui courait sur deux cents kilomètres, reliant les cratères entre eux. Sur le sable, avec une branche pour crayon, il établit une carte sommaire où sa trajectoire nocturne fut évaluée. Selon lui, il n'avait qu'à rectifier de trois degrés vers l'est en retournant sur ses pas. Oui, aussi simple que ça : trois degrés vers l'est pour retrouver la piste et repartir dans le bon sens, vers le campement de Kojouba. La logique de sa conclusion, parce qu'elle restait mathématique, le rasséréna.

Bradis s'aspergea avec l'eau du jerricane sanglé à l'arrière du véhicule, au-dessus d'une roue. Et remonta au volant.

– Ce coup-ci !

Il mit le contact, actionna le démarreur. Pas une aiguille n'oscilla sur le sommaire tableau de bord. Une loupiote vacilla, s'éteignit.

Le pied sur l'accélérateur, Bradis récidiva, pompant sur le moteur geignard, enroué. Une fois, deux fois, dix fois. La Land-Rover se refusait, têtue, muette, tas inerte d'acier que beurrait le soleil.

Une épée de terreur fondit entre ses omoplates. Sans radio, sans chaussures, écarté des pistes, il était foutu !

Même si c'était contraire aux règles élémentaires de sécurité, Bradis n'avait pas d'autre solution : deux gourdes pleines, quelques provisions de bouche dans la musette, et notre sociologue abandonnait le véhicule, entendant pour l'heure grimper sur le promontoire le plus proche.

– Là-haut, j'apercevrai sans doute un village ou un début de route. Et puis je serai moi-même plus visible d'en haut qu'en bas... Des signaux, peut-être, à l'aide de broussailles enflammées...

Bradis enroula autour de ses pieds des lanières de toile découpées dans sa tente, obtenant ainsi des chaussons rudimentaires, retenus par des cordes.

– Souvenir de la campagne de Russie! Ce cher Napoléon! Les images d'Épinal servent à quelque chose.

Il s'était souvenu d'une gravure sur la retraite des troupes napoléoniennes : des grognards, harassés et barbus, progressant les pieds emmitouflés de chiffons sur la neige russe, tandis qu'en contre-fond, au triple galop, convergeaient des escadrons de cosaques.

Le sociologue fit des essais, ajoutant une autre épaisseur de bandes, resserrant les lanières au-dessus des chevilles. Pas mécontent du résultat, ses provisions en bandoulière, il se dirigea d'un pas saccadé vers le piton le plus élevé...

Après deux heures d'ascension, en nage, les oreilles bourdonnantes, les mollets sciés, il atteignit le sommet.

À cette altitude, il n'y avait plus aucune végétation mais une succession de roches lisses, bombées, comme un échouage de mammifères marins, parfois en dangereux équilibre, où se plaquaient de larges reflets de lumière blanche.

S'aidant des mains, Bradis se hissa sur l'une d'elles et, le bras en visière, embrassa du regard l'étendue... Sur plusieurs kilomètres, à l'exception du cône géant du Kilimandjaro, rien ne se détachait à l'horizon. Cependant, au travers de la réverbération, il distingua un troupeau de gnous où se mêlaient des zèbres, et un second plus éloigné dont les individus se réduisaient à la taille de poux. Une zone sablonneuse s'étendait sur six ou sept kilomètres, perpendiculaire à son piton. Disséminés, pointus, des arbres torves aux branches de corail ponctuaient l'affreuse monotonie.

Vue d'en haut, la région se révélait désolée. Aucune présence humaine sinon, peut-être – mais Bradis discernait mal à cette distance –, ces cylindres bruns, appuyés à un vallon, qui auraient pu être les manyattas d'un village indigène, et cette marge plus claire, le début d'une piste. Et parce que, de nouveau, il prit peur, Bradis dévala la pente dans cette hypothétique direction, voulant forcer le destin. Il y serait avant la nuit en marchant bien, hors de question de souffler avant!

Au bout de quelques centaines de mètres, le sociologue réalisait que la région n'était pas si plane qu'elle avait paru de prime abord. De successives dénivellations avec, parfois, des ravins, en meurtrissaient la surface. Des buissons d'épineux, aussi impénétrables que des murailles, obligeaient à de savants détours... Ralenti sans cesse, obligé de contourner des lits de caillasses coupantes, chauffées à blanc, ou des groupes d'animaux qui s'arrêtaient de paître pour le regarder passer, Bradis ne progressait qu'avec d'extrêmes difficultés.

À plusieurs reprises, il avait dû refaire ses

chaussons. L'un de ses pieds saignait, ouvert sur trois centimètres; l'autre était gonflé.

En cinq heures, Antoine Bradis parcourut six kilomètres environ. Il lui en aurait fallu le double pour atteindre les premiers contreforts du vallon. Ce piteux résultat l'exposait à avancer aux heures les plus chaudes de la journée, de surcroît à découvert. Prudent, le sociologue se blottit contre l'une des rares pierres en surplomb et, afin de récupérer ses forces, observa une pause d'une demi-heure.

– Je ne suis plus moi-même depuis la descente du piton, résuma-t-il en cherchant ses mots. Un début d'insolation... Je ne fonctionne plus que par réflexes, la tête vide, pareil à un automate. Comme si les rochers fondaient sur moi et que je ne les évitais qu'en marchant contre eux... Si cette douleur aux pieds ne m'avait pas arrêté...

Bradis but une gorgée d'eau de sa gourde. Il avait noué un mouchoir humide autour de son crâne et retiré ses chaussons. Le sociologue était épuisé. Il s'obligea à mâcher des biscuits. La salive lui manquait.

– Après tout, la situation n'est pas si alarmante, se persuadait-il. Une panne mécanique idiote, suivie de ma décision d'aller à pied. J'ai marché trop longtemps, trop vite. D'ici peu, il n'y paraîtra plus...

Mais le jeune sociologue savait que les notions de « panne » et de « fatigue » avaient un autre poids pour un Européen perdu en Afrique orientale. Et il évitait d'y penser car une autre certitude le torturait : en cas de retard de l'un des membres de l'expédition, il était convenu que l'équipe se reforme sur l'aérodrome du révérend Fourms, directive multipliant les kilomètres entre eux et lui, réduisant d'autant, à chaque seconde, ses chances de survie...

Lorsque Bradis ouvrit les yeux, il comprit qu'il s'était assoupi. Son bracelet-montre indiquait seize heures et dix minutes... La chaleur commençait de tomber; la réverbération se dissipait. Il avait dormi plusieurs heures et n'en avait ni souvenir, ni bénéfice.

Il se prépara à repartir. Il ajusta ses chaussons, remit de l'ordre dans son paquetage, réhumidifia son mouchoir. Enfin, les pieds traversés de mille aiguilles, les jambes insensibles comme du bois, les hanches douloureuses à casser, il poursuivit sa marche sous le soleil plus bas.

Le sociologue avançait sans réfléchir, un pas après l'autre, polarisé sur son but : le vallon, un village indigène, l'ombre, l'appel radio. Devant lui, gravitant sur sa rétine, clignotaient des clous d'étain, de pâles météores. Et chaque fois qu'il trébuchait, l'angoisse montait en lui : y parviendrait-il ?

Par instants, un bref élancement, véritable coup de dague, lui barrait le ventre. Bradis devait alors s'arrêter. Se calmer, se reprendre. Puis, lentement, repartir dans la pierraille et l'air brûlant d'où l'oxygène semblait fuir.

– Ce ne peut être que l'eau, réalisa-t-il tandis qu'il portait la gourde à ses lèvres durcies.

La veille, Bradis avait omis d'y dissoudre les comprimés d'Hydroclonazone. Il renversa le liquide imbuvable sur sa nuque, ses épaules.

– Une seule gourde suffira, au cas où; il n'y a plus que quelques kilomètres, s'encouragea-t-il.

Mais le ciel vira, le sol monta jusqu'à lui, de travers, avec une force multipliée – il tombait. Tout son corps se tordit. Sa cheville droite se métamorphosa en un point extrême où la douleur se fixait, électrique, nichée dans l'os, irradiant jusqu'à l'aine... Au-dessus de lui, un bourdonnement mécanique enfla et disparut. Quelque chose lui sciait le cou. Il avait du sang dans la bouche; croyait entendre des jeeps et des tracteurs. Des hallucinations? Bradis s'évanouit, roulant sur lui-même, étouffant dans la poussière terreuse, fine comme du talc...

C'est dans un brouillard pourpre, rasant, qu'il les aperçut d'abord, ne réussissant pas en un premier temps à les isoler les uns des autres, croyant découvrir l'imperceptible étirement d'une chenille géante, annelée, sorte de mille-pattes hérissé d'antennes flexibles, que frappaient des motifs géométriques – un vrai cauchemar! Enfin, à mesure que ça approchait, il put les définir : conservant l'ordre de leur file, six guerriers masaïs obliquaient dans sa direction.

Toutes les deux foulées, ils poussaient un grognement sourd qui rythmait leur course. Leurs pieds nus claquaient sur la savane.

Le premier du groupe, qui pouvait être le chef, portait une coiffure à franges souples lui emprisonnant la tête. À la main, une massue bicolore. Les autres tenaient des brassées de javelots et un bouclier octogonal.

Leurs corps paraissaient de métal pur; la sueur en fuselait les muscles. Aucune émotion ne transparaissait sur leurs visages de jeunes fauves. Ni fatigue, ni haine, ni étonnement. Juste des masques de matière dense, indifférente, impénétrable.

– *Kouhaheri!* balbutia le sociologue en se relevant, abasourdi par l'effort que lui coûtait ce mouvement.

Sa voix résonna – piolet tintant sur le versant de la montagne.

Les Masaïs n'étaient plus qu'à une vingtaine de mètres. Un éclair d'acier battait à leur côté. Ils ne répondirent pas.

Bradis connaissait leurs coutumes : ces jeunes guerriers participaient à des épreuves initiatiques. Pistant un lion plusieurs jours de suite, ils finiraient par l'acculer, le cerner puis, en un cercle de plus en plus étroit, nœud coulant qui se resserre, se jetteraient sur lui, protégés par leurs boucliers, le réduisant de coups : lances contre griffes, machettes contre crocs... Fiers de leur force et de leur courage, ils s'exhiberaient ensuite dans les villages, la dépouille sanglante de l'animal sur leurs épaules.

Bradis ne devait pas avoir le droit de perturber une telle cérémonie mais son état était grave, il avait besoin de secours.

– Hé! Suis tombé en panne... Land-Rover morte... Y aurait-il un village?

Les Masaïs s'immobilisèrent, toujours les uns derrière les autres. Leur nudité que dissimulait à peine une pièce de tissu rouge accentuait leur taille extraordinaire.

Ils plantèrent leurs javelots dans la terre et croisèrent leurs bras cerclés d'anneaux.

Deux ou trois, en silence, à la dérobée, chuchotaient entre eux, visages fermés. Mais tous l'observaient, le scrutaient, analysant chaque détail, cherchant à échapper à cette incompréhension qui les figeait là, suspendant leur course, pareils à des juges devant le fait incontrôlable du hasard.

Durant quelques secondes encore, tandis que le soleil déclinait derrière eux, incendiant la crête des montagnes, ils oubliaient leur lion pour se concentrer sur cet homme blessé, hagard, sorti d'un rêve, à demi fou dans les savanes désertiques... Et pourtant, malgré sa détresse, Bradis avait l'impression qu'un champ magnétique les séparait de lui, un abîme aussi infranchissable qu'une crevasse lunaire. Ces Masaïs ne feraient rien pour lui car, selon eux, il n'y avait rien à faire. La déchéance de sa situation jouait en sa défaveur. Ils ne semblaient pas connaître la pitié. Portait-il déjà sur ses traits exténués le spectre de la mort?

Rassemblant ses ultimes forces, le sociologue s'adressa une seconde fois aux Masaïs; sa voix, parce qu'elle restait ferme, les ébranla.

– Pouvez-vous m'aider? Ma voiture est tombée en panne... Suis égaré... Faisais partie d'une mission humani...

Le chef fut sur lui d'une enjambée.

Bradis prit peur; s'il avait enfreint leur rite, il risquait...

– Sans doute ne faut-il même pas croiser leurs regards, se dit le sociologue en baissant d'instinct la tête.

Un coup de la part du guerrier ne l'aurait pas surpris.

Il se sentait honteux, coupable d'être là, blanc,

ridicule, à les supplier comme un enfant. Mais sa détresse était plus forte et il affronta le chef :

– Aidez-moi ! Récompense pour vous ! Village ici ?

L'autre le toisait, impassible, la massue au poing.

Bradis ne tenait plus sur ses jambes et un vertige l'aspirait. Il se concentra pour ne pas défaillir, résistant pour garder son aplomb sous la lumière, conserver dans son cerveau l'image du Masaï. Naufragé rivé à son fragment de radeau, Bradis s'accrochait désespérément à cette vision, fixant le lobe des oreilles percé d'un caillou rond, les scarifications en losange sur la poitrine, les muscles du ventre.

Le Masaï entrouvrit les lèvres. Enfin, comme s'il avait voulu s'assurer qu'il était bien de chair et de sang, et non un fantôme, sa main effleura le sociologue. Il baragouina :

– *Where you come ?*

– Mission humanitaire... Tsavavéo... Village ? haleta Bradis qui reprenait espoir.

Le Masaï sourit. Il pivota vers son groupe et, à l'aide de mots qui claquaient sur sa langue, leur expliqua la situation. Laissant ses armes, un second guerrier se détacha pour les rejoindre.

– *Village here ?* répéta le sociologue.

– ...

– *Road ? Village ?*

– *Yes, village !* répondit l'autre Masaï. *But road, this way !* ajouta-t-il avec des signes d'étonnement.

Il avait tendu son bras vers le nord.

Bradis se tourna dans la direction indiquée, s'attendant à un mirage. Et, en effet, à moins de deux cents mètres d'où il s'était effondré, il aperçut en contrebas une piste carrossable. Dessus, d'ailleurs, vrombissaient les cars Volkswagen des *tours operators,* voitures climatisées, rapides et innocentes, où riaient des touristes bronzés de soleil...

PANIQUE SUR POINTE-ROC

En quoi cette proposition pouvait-elle l'intéresser ?

Sans quitter des yeux son interlocuteur, Cravan chercha dans sa poche son paquet de Lucky Strike. Par bravade, depuis un quart d'heure, le pilote tergiversait. Pourtant, il le savait, Smidley avait un tel pouvoir dans le pays qu'il aurait été inenvisageable de lui refuser quoi que ce soit – fût-ce même ce service un peu particulier...

– Bon, alors... L'hydravion pour quarante mille. Vol de nuit. Pas d'assistance radio. Et, à l'arrivée, vos gars m'éclaireront le bras du fleuve, résuma Cravan en inhalant la fumée. C'est bien ça ?

– Oui. Trois oiseaux. Dimanche soir. Vous aurez toujours la bonne conscience de servir la Couronne...

– Très drôle ! Non, mais j'y gagne pas grand-chose, moi, avec vos migrateurs. Sans parler des risques « conjoncturels ». Botero : complètement dingue, celui-là ! Si vous consentiez à augmenter le...

– On trouvera plus tard une autre façon.

– Une médaille ? Merci bien ! Je me contrefiche de travailler pour vos services.

– Soyez prudent, Cravan, avec ce genre d'affirmations... Alors, entendu ?

– O.K.

– Hum! C'est jamais du gâteau avec vous.

D'un signe du menton, Smidley fit renouveler les consommations, des gin-vermouth doubles. Les restrictions concernant les produits importés ne comptaient pas pour l'attaché d'ambassade. Nous sommes des « prioritaires », reconnaissait-il de bonne foi.

De l'autre côté de la rue quelques écolières remontaient vers le centre-ville en chantant. Jupe bleu marine, chemisier blanc, nattes sages dans le dos. En passant devant le bar, l'une d'elles sourit à l'attaché d'ambassade. Il lui répondit de toutes ses dents, carnassier. Smidley était depuis trop longtemps en Afrique...

Dix minutes plus tard, le garçon finissait par arriver en traînant ses sandales, un plateau en équilibre sur le poing. Bob Cravan le dévisagea : non, celui-là n'avait pas une tête de rebelle saka. Rien à craindre.

Ils prirent leurs verres.

Au goût de Smidley la conclusion de l'affaire n'avait que trop tardé. En fait il n'aimait pas beaucoup ce jeune Cravan. Trop jeune, justement. Impertinent aussi. Ses façons de tout savoir d'avance, d'avoir compris avant les autres. Et intouchable puisque détenteur d'un passeport suisse. Là résidait le problème : avec un sujet de Sa Majesté, Smidley n'hésitait jamais à faire pression si la fibre nationaliste ne vibrait pas, disons, convenablement, et dans le sens voulu... Or, pour ce cas précis...

Smidley s'épongea le front avec sa pochette. Il faisait chaud cet après-midi, à Pointe-Roc, au bar des Palmiers.

Il poursuivit, une main sur la nuque :

– Voici le premier acompte, la moitié. Vous vous rendrez à la scirée de Reynolds, dimanche. Soyez-y vers dix-neuf heures. Vos passagers seront là. On vous raccompagnera en voiture officielle. Personne ne pourra plus circuler les jours prochains sans autorisation. Le président Banjul devrait déclarer le couvre-feu dès demain... À vous de jouer, ensuite.

– Pas de problème. Le Walrus sera paré.

– À dimanche, alors! D'ici là, ne sortez pas de la ville. Les partisans sakas de Washington Botero sont désormais incontrôlables; ils rappliquent au travers de la jungle et tirent sur tout ce qui bouge. Les gouvernementaux prennent une de ces raclées! Banjul n'a jamais su s'entourer.

Sans même terminer son verre, Smidley se leva. Il rejoignit en deux enjambées la Ford noire aux plaques diplomatiques qui stationnait sur la chaussée défoncée.

– *Bye-bye!* fit-il, le geste large.

Le pilote lui trouvait un faux air de Gary Cooper. Et à son idée, dans le climat général, c'était aussi comique qu'inquiétant d'avoir des diplomates qui ressemblaient à des cow-boys...

***

Quelle heure était-il ?

Cravan consulta son bracelet-montre : dix-huit heures trente. Il avait encore le temps d'aller chez Julia. Il décida de passer avant à son hôtel afin de prendre une douche.

Le Suisse sauta sur sa Norton et contourna les

faubourgs indigènes. L'air tiède lui soufflait au visage une odeur de mangue, de fiente et d'oignon. Comme d'habitude dans le centre-ville, il devait slalomer pour éviter de renverser un gosse, de percuter une carriole ou une horde de chiens hargneux et faméliques se disputant un os.

Excepté aux abords des magasins d'État qu'interdisaient des grilles, une foule dense, colorée, piailleuse, s'agglutinait autour des étals sous des essaims de mouches. Derrière des claies garnies de poissons étêtés, où maraudaient des oiseaux minuscules, des piles de fruits jaunes, rouges et verts, oblongs ou ronds, s'essayaient en des pyramides qu'un billet crasseux défaisait.

C'était jour de marché et, depuis l'aube, la place de la République ne désemplissait pas. Un ferment de panique en ravivait l'effervescence. De partout, dans tous les sens, des cages, des boîtes, des sacs et des bouquets vivants de volailles traversaient cette masse qui par instants, comme répondant à une injonction sourde, rugissait... Seules plusieurs escouades de soldats, derrière leurs mitrailleuses, restaient immobiles aux carrefours, muettes, comme déjà condamnées..

Ils font des provisions avant l'hallali, songea le motocycliste.

Soudain, face à une volumineuse vache à bosse, Bob Cravan freina brusquement, manquant de tomber de son engin pétaradant.

– Merde! cria-t-il à l'adresse d'un négrillon qui mordait dans une pastèque. Gare-la ta bestiole!

Et il remit les gaz, cherchant à retrouver le calme mat des avenues où les palmiers fusaient jusqu'au ciel.

La maison de Julia se trouvait sur la colline de Vianaé, quartier semi-résidentiel, de l'autre côté du port. Une bicoque de style colonial, entourée d'une haie de bambous, avec un magnolia pour ombrager le jardin. Pendue à deux chaînettes, une plaque émaillée indiquait :

JULIA JULIANA
Danse classique,
moderne
et de caractère

Derrière cette enseigne respectable les charmes de la belle métisse, très prisés de quelques métropolitains, cotaient à un prix fixe. Cravan se réservait les jeudis soir, parfois le dimanche s'il avait le cafard. Avec elle, il avait ses habitudes. Ensemble, après l'amour, ils écoutaient du jazz sur son pick-up en fumant des cigarettes égyptiennes, dont elle aimait le bout doré, inutile et oriental.

Lorsqu'il arriva chez Julia ce soir-là, il trouva la jeune femme affalée sur la banquette, un verre de scotch à la main. À ses pieds, des disques en miettes. Le salon était dans un désordre terrible, lampes et tables renversées sur le tapis en raphia. Un coquard marquait son œil droit d'une ombre bistre qui virait au mauve. Elle avait des traces de brûlures sur l'un des bras. Cheveux défaits, rimmel coulant, Julia pleurnichait en peignoir rose.

– Chagrin d'amour ? demanda Cravan, ironique, en refermant la porte moustiquaire.

– Pas tout à fait, non.

– Ton « mac », alors ? je croyais que tu bossais en indépendante...

– Très drôle. Viens me consoler, idiot. C'est gratis pour ce soir.

– Tu vieillis : tu deviens tendre.

La métisse éclata en sanglots, à bout de nerfs. Cravan la prit entre ses bras. Comme une enfant grondée, Julia posa son front sur sa poitrine. Bob enroula autour de ses doigts une boucle de cheveux.

– Dans la mouise, *darling ?*

– Oui, souffla-t-elle, ravalant ses larmes.

– Explique-moi, je t'écoute.

– ... Tu sais que je suis une Saka, une demie, par ma mère ?

– Et quoi ?

– À compter d'aujourd'hui une part de mes gains devra être reversée à la cause, à la révolution. Voilà, c'est tout. Très simple. Mon cul pour les mitraillettes de Botero. Ça te dit quelque chose : Washington Botero ?

– Habille-toi, je t'emmène, répliqua Bob, d'une voix qui se voulait rassurante. On dînera chez le Libanais et tu resteras dormir au City-Hotel, dans ma chambre. Demain, on verra plus clair. Je ne veux pas que tu passes la nuit toute seule.

– Si tu veux, dit Julia, docile.

Elle se rendit dans la salle d'eau; il y eut un chuintement de robinet.

Cravan fit quelques pas dans le salon dévasté. La situation le mettait mal à l'aise. Si la méthode d'intimidation était classique, l'audace des partisans de Botero dépassait les bornes : en plein jour, au cœur de la capitale, venir mettre au pas les « sympathisants » possibles! Julia n'était probablement pas la seule victime. Trois ou quatre cents personnes avaient dû être mises sous pression, reprises en main. Botero semblait sûr de sa victoire pour agir de la sorte, au nez des autorités. Mais le bruit ne courait-il pas que la cité minière de Ouagana, au nord, était cernée par ses troupes ?

Le pilote se servit un verre et revint s'asseoir sur le canapé, feignant de n'avoir rien remarqué. Pourtant, au travers de la haie, deux types en costume les épiaient. Des miliciens, sans doute. L'un d'eux, le plus grand, maigre comme un chacal, ne prenait pas la peine de se dissimuler. Il faisait les cent pas, les yeux sur le bungalow, le flingue dans la poche du pantalon, fumant un cigarillo. Ces gouvernementaux étaient aussi dangereux que les rebelles sakas.

La nuit tomba et une lune pleine se leva, veinée comme un sein, qui pesait sur les ruelles vides de Pointe-Roc.

Un silence étonnant, presque surnaturel, planait au-dessus de la ville.

Le monde humain avait fondu de lui-même, bu par les ténèbres, amalgamé à l'humidité que distillaient les montagnes et la jungle moutonneuse, si proche. Restait ce décor d'opérette : deux ou trois places publiques, des buildings lépreux, les faubourgs indigènes en bois et en tôle tout autour. Entre les panneaux géants à la gloire du Président Banjul, quelques ombres tentaient leur chance, le souffle court, attentives aux rondes des patrouilles, porteuses peut-être d'un message – apparaissant, disparaissant entre les palmiers, fantômes de mauvais rêves.

En croupe sur la Norton, la jeune femme serrait la taille de Cravan. Derrière le cône du phare, le bruit du moteur découpait la nuit. Tous deux avaient le même sentiment : ça ne sentait pas bon. De l'affrontement tribal à la guerre civile, du règlement de comptes au coup d'État, viendrait tôt ou tard le moment où ce serait leur tour, à eux, métis et Européens, de payer. Toujours l'étranger qui trinque, bouc émissaire idéal. Et lorsque Cravan gara sa Norton à proximité de la devanture du Libanais, non loin de laquelle se tenait une automitrailleuse gouvernementale en position de tir, il comprit que, cette fois-là, ce serait limite...

Chez Imar, boulevard de la Réunification, Cravan et Julia commandèrent du poisson frit, des oignons en beignet et du riz au piment. Assis au fond de la salle, non loin du ventilateur et de la radio qui grésillait en sourdine, ils en étaient chacun à leur deuxième bière Indépendance lorsque le patron vint leur faire la conversation.

– Vous êtes mes deux seuls clients de la soirée, résuma-t-il avec les doigts de la main.

– Ah ?

– Tous les autres ont les foies. Ils se terrent dès la tombée de la nuit. Qu'est-ce que ce sera avec le couvre-feu officiel ? À huit heures déjà, pfuiit!, plus personne...

– On n'a pas forcément envie de mourir pour votre cuisine, c'est compréhensible, plaisanta la jeune femme.

– Vingt couverts pour cette semaine. Pitoyable! À cette cadence, je ferme boutique dans un mois! se plaignait encore le patron, un torchon jeté sur l'épaule. Dites, vous êtes arrangée..

– Je prendrais un peu plus de poisson, répondit Julia sans lever les yeux. Les chutes, ça creuse! Oui, je suis tombée d'un cocotier.

– Amusant... On raconte que les Sakas auraient investi Ouagana, vous êtes au courant? Les bâtiments administratifs incendiés. Des ingénieurs belges seraient arrivés en catastrophe à l'hôtel Métropole... Ils ont tout laissé sur place, pensez! Je ferais pas mieux de quitter la ville? Direct la côte sud? J'ai encore ma camionnette, quatre gallons d'essence.

– Ce n'est pas la solution, répondit Cravan. Votre restaurant serait mis à sac, pillé. Banjul est capable d'un revers; paraît-il que les Britanniques le soutiendront contre vents et marées..

– Les trois malheureuses unités de l'armée ont été clouées au sol sur la piste de Bogo. Soi-disant dépêchées en renfort, tu parles!

– Une attaque?

– Peu probable. Tout s'achète, ici... Voilà le poisson. Attention, il est chaud. Je vous ajoute une portion de patates douces? Il m'en reste.

– Non, merci. Moi, ce que je sais, c'est que les mines de diamants ne tomberont pas aux mains de Botero, avança Julia en s'essuyant la bouche dans une serviette en papier. Les Anglais ont trop d'intérêts dans le pays; ils ne le permettront pas. Même si Banjul est un fantoche.

– Vous avez sans doute raison. Café? Liqueur?

– Les deux, mon général.

Tous trois tournèrent alors la tête. Précédés d'une jeep de commandement, des camions de soldats descendaient le boulevard. Un peloton de cinq chars de fabrication soviétique, des T34, fermait la marche.

– La garde présidentielle, reconnut le Libanais. S'ils en sont à ce point-là...

***

À l'aube, Cravan se réveilla inondé de sueur, le menton bleu.

Il avait mal dormi. Sa tête bourdonnait encore. Il souleva d'un doigt le store de sa chambre : la rue était calme, ensoleillée. Avec leur stipe en plumeau les palmiers du boulevard avaient ce même air ahuri que de coutume. Les montagnes étaient vert émeraude. Dessus, accroché aux pitons, léchant la paroi, un nuage de brume lumineuse dessinait des volutes.

Le réveille-matin indiquait six heures. Le pilote secoua gentiment Julia qui dormait en chien de fusil et la mit à la porte.

– Désolé, *darling,* j'ai du boulot aujourd'hui.

– Tu passeras ce soir ? demanda-t-elle en se glissant sous la moustiquaire.

– Pas avant lundi, je le crains. Mais téléphone-moi en fin d'après-midi. Il faut que je m'occupe du zinc : j'ai un vol prévu pour demain...

– Comme tu voudras. Le client est roi !

– Arrête ! Ne plaisante pas. Au fait, si...

– Si quoi ?

– Non, rien d'important. Appelle-moi ce soir, promis ? J'espère qu'ils n'auront pas coupé les lignes. De toute façon j'ai réfléchi : tu n'as rien à craindre, pas toi, pas encore du moins. Ils t'ont demandé de collaborer; fais semblant pour le moment en attendant que la situation s'éclaircisse. Quant aux gouvernementaux, ils ont d'autres chats à fouetter. On avisera après. Mais si cela se gâte, tu pourrais embarquer avec nous...

– C'est gentil de ta part, chéri, mais ce ne sera pas la peine.

Julia enfila sa robe et se recoiffa devant la glace piquée du lavabo. Puis, après un baiser, disparut dans la cage d'escalier. Cravan avait senti que ses paroles ne l'avaient pas rassurée...

À son tour le pilote quitta l'hôtel et rejoignit le débarcadère situé à trois kilomètres à l'est de la ville.

Son associé, Fernand Mauvières, copilote et mécano, briquait leur avion.

Cravan le connaissait depuis des années; ensemble, ils avaient volé sur un tas de compagnies privées, plus ou moins véreuses, avant d'acquérir cette antiquité volante et de se mettre à leur compte. Mauvières était un grand type, débonnaire, aux cheveux blonds coupés ras. Suisse lui aussi, de Lausanne.

– Hello!

– Salut! Tout est en règle, Fernand? demanda Cravan en avançant sur le ponton branlant.

– Aucun problème, répondit son associé dont le tee-shirt sans manches accentuait la musculature.

Leur vieux biplan, un Walrus Mk-1, coque jaune et flotteurs blancs, ballottait sur les vaguelettes du fleuve. L'énorme double hélice postérieure fixée sur un trépied entre les ailes parallèles luisait comme un sabre de géant. Fernand se tenait en équilibre sur une entretoise, muni d'une burette d'huile, une main dans les haubans.

– Dis-moi, n'oublie pas pour demain soir les couvertures, le thermos et les sandwiches... Quant au kérosène, voici le bon signé par l'ambassade britannique. Tout ce que tu voudras!

– On a un plan de vol? se hasarda Mauvières.

– Non, mais par les temps qui courent, même pour quarante billets, faut accepter les surprises, mon vieux!

– Bon, si tu crois que...

– D'ici là je ne veux personne à proximité du Walrus. Hors de question que l'on y touche, raison d'État ou pas! D'ailleurs, si demain soir tu me vois agiter ma casquette du ponton, tu m'oublies et tu décolles sans demander ton reste. On se retrouve où tu sais en cas de pépin. Je me débrouillerai toujours.

– Je mouillerai par prudence au large des hangars. Il y aura le fusil à pompe dans la cabine. À quelle heure comptes-tu embarquer?

– Vingt heures. Trois passagers « mystérieux ». Probable qu'on dégagera vite fait après ce dernier contrat... Ça pue trop le roussi dans le coin!

Les deux hommes se séparèrent. Cravan avait encore à faire: un règlement en dollars de la Traficona qui traînait depuis des semaines. Il enfourcha sa motocyclette et retourna dans le centre-ville. Par deux fois, derrière des barrages dérisoires, des soldats à bout de nerfs vérifièrent ses papiers et inspectèrent son véhicule avant de l'autoriser à poursuivre d'un mauvais sourire.

Dans la soirée, malgré sa promesse, Julia ne téléphona pas.

Cravan poussa jusqu'à chez elle. En vain. Il trouva la villa déserte et le petit portail défoncé.

Une voisine apeurée lui chuchota que des hommes avaient emmené la métisse en milieu d'après-midi.

– Après tout, elle était saka, normal que la police prenne des mesures contre ces gens-là! conclut la vieille femme en barricadant sa porte.

Selon toute vraisemblance, Julia avait résisté à ses agresseurs et ils l'avaient battue. Il y avait du sang sur la véranda. Des empreintes de chaussures dedans.

La bicoque lui parut sordide, dangereuse même. Craignait-il quelque chose en restant là? Cravan flancha : il rebroussa chemin.

Aussitôt à l'hôtel, le pilote entreprit d'appeler Smidley : lui seul avait encore les moyens d'intervenir... Henry Branton, le second de l'ambassade, tenait la permanence. Il lui signifia d'une voix monocorde que le couvre-feu était décrété, qu'on ne pouvait plus circuler sans autorisation spéciale et que personne, à sa connaissance, n'avait reparu une fois embarqué par les sbires du Président... Bref, qu'il valait mieux tracer une croix sur la jeune prostituée et, même, observer certaines précautions au cas où le nom du pilote aurait pu être prononcé.

– Nous sommes en Afrique, monsieur Cravan. Vous avez tendance à l'oublier. Tout peut arriver. Un mot de trop : la trappe.

– Que puis-je tenter ?

– Rien. Rigoureusement rien. Vous mettriez votre vie en jeu.

Cravan se résigna, écœuré. Un point de douleur se fixait comme un crampon sur son estomac. Il poussa le verrou contre sa porte, avala un somnifère et chercha à dormir. Il s'était trompé depuis le début. Avec une situation pareille, ils risquaient tous leur tête : Julia, Smidley, Mauvières, eux tous, et lui. Pas une simple tornade, non, mais un cyclone tropical dont Pointe-Roc devenait l'épicentre !

*
* *

Le lendemain soir, Ernest Reynolds, lui, se montrait tout miel.

Malgré le climat ambiant, sa *party* était une réussite. Autour de la piscine gravitait tout le gratin de la ville : un ministre, deux généraux africains, quatre Libanais, six Français, le responsable de la Traficona et ses adjoints, l'ambassade britannique au complet, des Belges à ne plus savoir qu'en faire. Entre les serveurs à veste blanche, chacun buvait sec en grignotant des crackers.

Une certaine tension régnait parmi les groupes d'invités. La conversation roulait sur le même sujet : la déconfiture de la garde présidentielle, le matin-même. À en croire les dernières bribes d'informations, les partisans de Botero n'étaient plus qu'à dix kilomètres de la capitale...

– Nos blindés feront la différence, assurait l'un des généraux, fanfaron. Ils sont en position. Sans oublier nos automitrailleuses. D'excellents éléments, oui!

– Le président Banjul a obtenu le soutien des Mig angolais, renchérissait l'autre gradé en bombant le torse. Comment peut-on résister à l'aviation? Je plains cet imbécile de Botero!

La mine préoccupée, Smidley attrapa Cravan par la manche et le tira à l'écart. Le pilote abandonna son bourbon glace et l'ingénieur belge qui, pour la troisième fois, lui racontait son départ précipité des mines de Ouagana.

– Branton m'a dit pour la jeune femme, murmura l'attaché d'ambassade. Nos chances sont minces. J'ai peu de pouvoir sur la police locale, moins encore aujourd'hui...

Le pilote nota que Smidley avait perdu de sa superbe. Cravate desserrée, il suait dans sa chemise. Ses yeux étaient striés de sang. Il mâchouillait un cigare qu'il s'obstinait, nerveux, à ne pas allumer.

– Dois-je comprendre que...

– Pas de pronostic hâtif. Néanmoins... Ça ne va pas?

– Ju... Julia était une amie, balbutia Cravan.

– Je sais. Je ferai mon possible, comptez sur moi. En attendant, vos passagers sont là. *Business is business,* n'est-ce pas? On compte sur vous. Voici votre enveloppe. Suivez-moi.

Le pilote lui emboîta le pas en titubant. Le visage de la métisse lui revenait en mémoire. Elle est morte, pensa-t-il. Scénario classique : on la retrouverait un matin, les mains dans le dos, échouée sur les rochers en aval de la Mangouna... Un spasme de dégoût lui monta jusqu'aux lèvres. Cravan s'arrêta et voulut renoncer à sa mission. Il rendrait l'argent, plierait bagage pour embarquer au plus vite sur le Walrus, direction le Sénégal...

L'ayant senti fléchir, Smidley le pressa :

– Dépêchez-vous, *please!*

Ils descendirent une volée de marches et l'attaché d'ambassade le fit pénétrer dans le sous-sol de la villa. Quatre soldats en tenue léopard gardaient le palier. Dans le garage souterrain stationnait une Mercedes grise. À son bord, sur la banquette arrière, deux silhouettes et une troisième devant, volumineuse, à la place du mort.

– Vous conduirez, Cravan. Directement à l'hydravion!

Le Suisse ouvrit la portière et s'installa. Se retournant pour saluer ses passagers, il reconnut alors, derrière une pile de mallettes Vuitton, le président Banjul et son épouse. Pour une surprise! À sa droite, leur garde du corps, Moktar, un Marocain gigantesque, le pistolet-mitrailleur en travers des genoux.

– Démarrez! ordonna le gorille, en remontant sa vitre fumée.

Bob enclencha la première et sortit du garage en pente. La route défila au milieu des villas muettes et des palmiers figés.

Smidley, à gauche du Président, poursuivit d'une voix confiante :

– Nous arriverons dans moins de dix minutes. Aucun risque.

– Bien, bien, fit l'autre en bougeant le gras du menton.

– J'aurais une requête avant que vous ne quittiez le territoire national... Si vous le permettez... Monsieur Cravan, notre pilote, a une amie qui...

– Je ne puis plus rien pour personne, plus maintenant! le coupa Banjul avec un geste agacé.

Dans le rétroviseur Cravan observa ce petit homme, court sur pattes, vêtu d'un complet blanc de ville, et dont le visage fruste, marqué de scarifications rituelles sur les pommettes, rappelait celui d'un hamster. Pendant plus de dix années, Banjul et sa clique avaient entretenu le régime le plus corrompu de la région; la petite histoire laissait même entendre que Philibert Banjul en personne travaillait pour une banque privée, saignant le pays pour des intérêts étrangers.

– Cet homme de paille a une tronche de salaud, songea Cravan.

Et, une seconde fois, le pilote eut envie de tout laisser tomber, d'arrêter la voiture sur le bas-côté, de déguerpir sans demander son reste. Seule la réaction de Moktar, le gorille, l'en retenait – vu sa sinistre réputation...

Smidley lui tapota sur l'épaule avec amitié :

– Bob, je ferai, moi, mon possible, promit-il. On la retrouvera.

– Vous restez donc ici ? À Pointe-Roc ?

– Mon gouvernement insiste. L'ambassade britannique ainsi que celle de la Belgique assureront la sécurité des ressortissants européens. Grâce au Président, nous envisageons déjà, comment dire ? L'après-crise. Oui, le retour au calme est imminent. Aucune inquiétude fondée à ce jour, je vous assure...

Smidley crânait, d'évidence. Cravan voulut répliquer par quelque chose de cinglant mais, à cette seconde précise, des rafales d'armes automatiques crépitèrent sur le capot de l'automobile – sur le blindage de la Mercedes les projectiles se révélaient heureusement aussi inoffensifs que du gravier jeté sur de la tôle.

– Les chars n'ont pas tenu! ragea Banjul.

Une cinquantaine de rebelles déferlait du haut de l'avenue; devant eux, en pleine débandade, des réguliers refluaient en désordre, abandonnant un Dodge en flammes et une position de mitrailleuses. Plusieurs tombèrent, fauchés, touchés dans le dos, aux jambes... Rapides, les partisans de Botero talonnaient les rescapés, balançant des grenades, investissant l'artère, nettoyant sans pitié chaque recoin, sanguinaires comme des tigres.

– Par la droite! cria Moktar.

De la portière, le gorille tirait par à-coups. Entre ses mains d'étrangleur le pistolet-mitrailleur Uzi ressemblait à un jouet d'enfant. Les douilles cliquetaient sur le siège. Il faisait mouche souvent.

– Foncez! Foncez! ordonna le Président.

Smidley dégaina à son tour un flingue, un Colt 45 chromé. À l'arrière de la voiture, la jeune épouse gémissait, serrant ses mallettes, le visage contre la vitre feuilletée.

La Mercedes fit une embardée et vira. À cette vitesse, ils atteindraient le débarcadère et l'hydravion en moins de trois minutes.

Reconnaissant l'automobile officielle les rares soldats encore en position levaient les chevaux de frise des barrages et, derrière elle, les redescendaient. Après l'un d'eux, Banjul fit stopper la voiture pour commander à l'officier qui, pas trop fier, s'était présenté :

– Contenez-les au moins une demi-heure, c'est un ordre du Président! L'aviation alliée arrive à la rescousse. Vous serez décoré, demain, plus tard, je compte sur vous, capitaine!

– À vos ordres. Merci, Président.

– Et le malheureux capitaine répartit ses douze types dans une ruelle séparant deux blocs du bidonville. Aucun espoir, pourtant, et il le savait bien : les dix mille partisans de Washington Botero, encadrés par des Cubains, envahissaient la capitale avec la régularité d'une flaque d'huile sur un plan incliné. Les quartiers nord de Pointe-Roc étaient sous leur contrôle; l'aéroport aussi, sans doute. Bientôt les lambeaux de l'armée régulière, fidèle au président, seraient acculés à l'océan. Le massacre débuterait : ethnie contre ethnie.

La Mercedes roulait à vive allure, cent vingt, cent trente. Au besoin, Cravan klaxonnait sans pour autant lever le pied de l'accélérateur. Ils débouchèrent sur l'embarcadère. Entre deux docks, l'hydravion miroitait de l'autre côté du fleuve, retenu par son ancre-bouée à une centaine de mètres. Le Suisse freina, laissant de la gomme sur l'asphalte tiédi.

Avec une énergie qui surprit Cravan, Smidley prit les choses en main.

– Président, allez vous abriter avec votre épouse, je m'occupe des valises. Dès que l'avion sera à proximité, je vous ferai signe de sortir et vous vous dirigerez vers le bout du ponton. Mais pas avant, entendu?

– Et l'hydravion? Pourquoi n'est-il pas déjà là? s'alarma le président Banjul qui n'osait quitter sa Mercedes blindée.

– Ne vous bilez pas, le pilote nous a vus arriver. Il a des jumelles et des consignes, répliqua Cravan.

– Toi, en protection! ordonna l'attaché britannique au garde du corps.

Moktar empocha des chargeurs supplémentaires et se coucha derrière un baril vide de fuel, prêt à faire feu.

– Quand vous voulez pour le zinc, mon vieux!

Cherchant à apercevoir son ami Mauvières, Cravan avança sur le ponton. Derrière lui, le Colt 45 au poing, Smidley épiait les alentours. Tout semblait calme. Seul le clapotis du fleuve portait dans l'air de petits échos sourds, explosions lointaines qu'étouffait la distance. Le Britannique s'assura de la sécurité du Président puis se posta dans un angle, aux aguets. Sous le vernis diplomatique réapparaissait le professionnel rodé des Services secrets.

Soudain, le gorille à plat ventre ouvrit le feu.

– Ils sont là!

Une seconde plus tard, sa tête explosait.

Cravan imita le Britannique qui, par réflexe, s'était plaqué au sol. À l'extrême droite, embusqués derrière une série de containers rouillés, six ou sept partisans les mitraillaient au fusil d'assaut. Le premier, un type en pantalon jaune avec des cartouchières croisées sur le ventre, avait abattu Moktar. Smidley tira trois fois dans leur direction et en atteignit un au ventre.

– Ne bougez pas! cria l'attaché au Président qui faisait mine de rejoindre l'abri de sa voiture.

Banjul recula de quelques pas pour se plaquer contre une porte coulissante de hangar. À cinq mètres de lui, le sang de Moktar dessinait une virgule géante, coagulant sur le ciment. Cravan n'osait appeler l'hydravion. Et Mauvières, moteurs éteints, guettait ses directives.

– Si Mauvières parvient jusqu'ici, ils le canarderont et le Walrus sera inutilisable pour tout le monde, déduisit Cravan. Il faudrait le gagner à la nage, non ?

– Ils vont vous dégommer de toute façon. Mais c'est votre seule chance. Je vous couvrirai d'ici. Prévenons Banjul.

Smidley revint en rampant vers le Président. Celui-ci, accroupi derrière des caisses marquées au pochoir du sigle d'une aide internationale, n'en menait pas large. Son épouse était près de lui. Les mallettes Vuitton empilées dressaient un semblant de muraille.

– Président, vous allez suivre le pilote... à la nage. L'hydravion se rapprochera le plus possible. Moi, je ferai diversion...

Joignant le geste à la parole, l'attaché saisit une mallette qu'il courut balancer en direction des rebelles. Ouverte, des centaines de billets de banque s'éparpillèrent au vent.

– Vous êtes un insconscient! grimaça le Président.

– Juste ce qu'il faut pour les tenir en respect!

Rampant de nouveau, Smidley s'abrita contre un chariot-élévateur. Là, d'aplomb, retenant son souffle, il arma le pistolet-mitrailleur de Moktar et visa avec soin. Un court chapelet de détonations claqua dans l'air; dans le groupe des partisans qui se disputaient les billets, deux silhouettes s'écroulèrent. La riposte fut immédiate : une grêle de balles hacha les murs en crépi, ricochant avec des étincelles sur le pare-brise de la Mercedes.

– Filez!

– Hors de question, murmura Banjul que la peur métamorphosait. Dès que nous serons dans l'eau, ils nous tireront comme au Luna Park. Je n'irai pas. Prévenez par radio qu'une de mes unités vienne nous dégager...

– J'ai peur, Président, que nous ne soyons seuls... Mais je resterai sur vos arrières afin de vous couvrir. L'hydravion a mis ses moteurs en marche, regardez! Courage, que diable!

Une fois encore le Britannique ouvrit le feu, balayant les alentours de son arme automatique. En face, les rebelles de Botero étaient cloués au sol.

Chargé de ses précieuses valises et talonné par son épouse, le Président risqua alors un pied à découvert. Cravan retournait sur ses pas, courbé, prêt à aider ses passagers.

– Oh! vous! Avec votre maudit avion!

Ils descendirent les échelons de fer puis tanguèrent sur le ponton flottant que garnissaient des demi-pneus rongés d'humidité. Ils étaient seuls, aiguillonnés par la frousse, ralentis par leurs bagages; le ciel sans nuages leur paraissait démesuré et les cinquante derniers mètres du ponton au-dessus de leurs pauvres forces...

– Allez! Vite! On ne traîne plus!

Le feu reprit dru comme une pluie de mousson. Les balles giclaient sur les planches de l'embarcadère, dessinant un réseau d'encoches et de griffures où le bois venait à vif; les rebelles les avaient contournés et tiraient en enfilade.

Répliquant avec le pistolet-mitrailleur, Smidley se porta face à l'ennemi. Son effet fut de courte durée. Une rafale sembla l'atteindre, le traverser, s'écraser derrière lui sur un pylône ; de fait, l'Anglais tombait, une main au cœur, la bouche mordant du vide. Les partisans gueulards les ajustaient déjà.

– Appelez cet avion! exigea Banjul en secouant le pilote.

Ils s'enfuirent jusqu'au bout du quai qui résonnait, sinistre, scène vide d'un théâtre. Derrière eux, l'épouse du Président ne suivait plus; distancée, elle haletait, les talons cassés, semant le trésor de ses mallettes, tandis que l'hydravion fonçait vers eux.

– Au secours! Philibert! larmoyait-elle, le chignon en vrac, hystérique.

– Laissons-la! souffla Banjul, elle nous retarderait. Je suis le Président, obéissez! Vous m'aiderez à gagner l'appareil à la nage. Les femmes de mon pays ne savent jamais nager!

– Quoi?

– C'est un ordre, Cravan, vous m'entendez!

Les joues de Philibert Banjul tremblotaient comme du flan. Une sueur aigre ruisselait sur son visage; la peur le rendait inhumain.

– Je double votre fric! Aidez-moi!

Banjul était prêt à tout pour sauver sa peau de couard. Une main sur le bras du pilote, il cherchait à l'entraîner.

En un éclair Cravan se souvint alors de Julia, la prostituée du quartier de Vianaé. Son joli corps martyrisé, noyé dans la vase. Elle non plus ne savait pas nager. La rage l'emporta sur la pitié.

– Désolé, terminus!

Cravan bouscula le Président qui s'accrochait à

lui et leva sa casquette. À bord de l'hydravion, Mauvières traduisit le signal et vira. Le Président eut un cri de stupeur. Déjà, Cravan plongeait à l'abri des roseaux. Le Walrus décolla dans le soleil rouge, masse vide, phosphorescente, moteurs décuplés au-dessus d'un sillage de crème rance...

BIENVENUE AU CLUB !

« Ô toi que j'eusse aimée, ô toi qui le savais! »

Ch. Baudelaire
(À une passante)

Emma, Emma... Emma Fenton!

Meurice ne pouvait s'empêcher tout en marchant vers le Club de répéter son prénom. Il la voyait encore le soir du cocktail donné quinze jours auparavant par le résident Chasles : blonde, coiffée à la garçonne, la peau comme du lait, le nez mutin et la bouche cerise... Une robe de soie légère, tilleul. Coupe de champagne à la main au milieu d'officiers en tenue blanche. Et son rire, clair et sonore. Le surveillant de plantation en tremblait. Pas moyen, depuis, de sortir cette femme de sa tête! Il en rêvait. Mangeait à peine. Buvait d'autant. Martini dry sur martini dry. Était-ce de l'amour? Peu importe, son désir le rongeait comme s'il avait jeté son cœur dans une fourmilière.

À cause de cette rencontre, fortuite d'ailleurs, ses deux dernières semaines en brousse avaient été un cauchemar. Dans son travail, chez lui, avec son collègue Rouvier, il n'avait plus eu une seconde de répit, image obsédante, fantôme minant ses pensées. Elle, elle encore : Emma, Emma Fenton, la jeune épousée de Bastien Fenton, le brillant ingénieur de la Forminière.

Comment aurait-il pu vivre au fond de la jungle, dans un bungalow cerné de trois cents cases et de la masse spongieuse des forêts, éloigné de tout, coupé du monde, à quatre jours de piste, alors qu'elle était là, en ville, hôtel Celesta, rue des Épices, accompagnant son époux dans une prospection ?

Emma en partant lui avait souri. Minute exquise. Et, lui tendant une main rose, avait ajouté en un sourire :

– Mon mari et moi-même restons à Fort-Blair jusqu'aux moussons... L'Europe ne me manque pas du tout. Fort-Blair est si typique! Sans doute aurons-nous le plaisir de nous revoir, monsieur...

– Meurice. Jacques Meurice. Je l'espère aussi. La mousson est loin.

Le surveillant lui avait rendu son sourire, gardant une seconde de trop sa main dans la sienne. Elle avait abrégé, troublée.

Meurice affichait une quarantaine d'années. Grand, mince, le cheveu rare, il avait un visage rond, non sans énergie, que contredisait une nature aiguë, vive, esclave de ses nerfs. Malgré ses douze années d'Afrique équatoriale, au service de l'Intertropical, il conservait une certaine allure. Et puis son complet blanc aux plis impeccables, sa « tenue de soirée », lui avait donné ce rien d'aisance qui lui manquait.

Avait-il eu besoin, dès lors, d'interpréter quoi que ce soit ? Emma Fenton, la belle, la capiteuse jeune femme, lui avait souri et laissé entendre de cette façon qu'il ne lui était pas indifférent. Et même si cette phrase d'au revoir avait pu être interprétée comme de la simple cordialité, son timbre de voix, ses yeux ne l'avaient pas trompé; il y a des choses en ce domaine qui se sentent, dites et entendues à demi-mot.

Et aujourd'hui, cette deuxième chance!

Emma Fenton serait à la soirée de Geinmuller qui fêtait ses cinquante-cinq ans au Club Ramsès, le seul endroit chic de Fort-Blair où, nonobstant leurs intérêts commerciaux divergents, Belges, Français et Anglais se côtoyaient en bonne intelligence. La gamme des spiritueux de l'établissement favorisait pour beaucoup les échanges : bières européennes, vins vieux de France ainsi que plusieurs préparations exotiques à base de gin, cet alcool au goût de larmes dont Slimba, le barman, avait le génie.

Meurice avait réendossé son complet mais avec une pochette différente, en soie bleu nuit. Une heure plus tôt, le barbier lui avait taillé les cheveux et fait la barbe. N'entendait-il pas briller plus que de raison? Un rendez-vous, peut-être, si la situation et le moment s'y prêtaient? Il le savait : l'hôtel Blériot accordait – discrètement – des facilités. Suffisait de quelques billets au concierge. On verrait ça en son heure!

Réalisant qu'il risquait d'être en retard, Meurice accéléra le pas puis héla un vélo-pousse stationné près d'un marchand de sodas. Il lui lança l'adresse :

– Club Ramsès! Vite!

Pesant sur les pédales, les mollets de l'homme se tendirent, gonflèrent, et arrachèrent l'engin à son immobilité. Calé dans sa banquette, Meurice alluma une cigarette. Fort-Blair défilait : échoppes, gamins, bétail sale. La ville sentait le charbon de bois refroidi. L'Afrique ne changeait pas.

En passant le perron du Club le surveillant de plantation remarqua les grosses voitures garées dans le jardin et, fait inhabituel, une moto au réservoir rutilant plaquée contre la grille en fer. Fort-Blair était suffisamment « province » pour que Meurice puisse, sans mal, retrouver le propriétaire de chaque véhicule mais, là, pour ce deux-roues flambant neuf... Il n'avait jamais vu de moto pareille dans la colonie : tout en chromes avec une peinture pourpre, métallisée, sur laquelle ricochait la lumière. Une marque allemande. La merveille!

Sans qu'il puisse s'expliquer pourquoi, cette nouveauté le contraria. Il est vrai qu'il arrivait à pied. Meurice restait un broussard. Il comptait peu dans le pays : quelques milliers de francs CFA par mois, et une chambre médiocre à la pension Torrela lors de ses séjours à Fort-Blair quand il venait s'y « décrasser ». Les autres jours, perdu sur l'immensité de la carte, il ne représentait, malgré son excellent rendement à l'hectare, qu'un numéro de parcelle, la 108-4, dans le tentaculaire complexe forestier de l'Intertropical...

Dans le salon garni de plantes grasses, des groupes d'invités s'étaient formés autour des tables rondes où les abat-jour faisaient des taches saumon. Un électrophone distillait un air de rumba, moelleux, lascif. Meurice salua des connaissances puis alla féliciter Geinmuller pour ses cinquante-cinq ans.

– Mes compliments. Un vrai charme! Et merci pour cette invitation. Tout Fort-Blair est là.

– C'est la raison pour laquelle vous êtes aussi des nôtres, mon cher, répliqua son hôte dont le teint d'alcoolique virait, chaque année un peu plus, à la brique foncée.

– Comment allez-vous?

– Bien. Savez-vous que vous avez encore dépassé les quotas, ce mois-ci? Votre patron, Broudeau, est ravi. Je l'ai eu au téléphone ce matin.

Geinmuller s'occupait de transports terrestres et maritimes et, à ce titre, travaillait avec l'Intertropical. Il avait Meurice à la bonne; plus d'une fois, il lui avait facilité les choses.

– Ah, tiens? ironisa Meurice, en croisant les bras. De combien?

– Une tonne et des poussières. Si, si, je ne plaisante pas. Vous irez loin.

– Puis-je rejoindre déjà le buffet? J'ai une de ces soifs.

– Régalez-vous. Il y a des beignets fou-fou. Bonne soirée!

– ... J'oubliais... Votre cadeau!

Meurice lui tendit un petit paquet de forme cylindrique, de la taille d'un crayon emballé. Geinmuller en déroula le papier.

– Qu'est-ce que c'est?

– Le « bec » plus ultra.

Il s'agissait d'un appeau indigène, taillé dans une tige de bambou. De fins motifs géométriques le décoraient. Geinmuller souffla dedans : un caquetage rond, sec, roula comme un grelot.

– Vous imitez le flamant rose mâle à la perfection, Geinmuller!

– Accroupi et les mains sur les hanches, à l'heure du rut! Comptez sur moi! C'est joli comme tout, merci. Mais vous connaissez le mot de Renan : « L'univers est un grand égoïste qui nous prend par les appeaux les plus divers. »

– Je ferai attention, répondit Meurice en s'éclipsant.

– Merci encore!

La musique avait changé. D'autres couples s'étaient lancés et dansaient, nerveux, concentrés sur la rythmique.

Le surveillant commanda un cognac puis, ne trouvant pas le visage qu'il cherchait, poussa vers le perron, dont les marches donnaient sur le jardin.

Près de l'une des tables en rotin, sur sa droite, adossés au mur, des hommes fumant le cigare entouraient une jeune femme au dos nu. Une bouteille de porto circulait entre eux. Jaillissant comme un trille, Meurice reconnut son rire, le rire d'Emma Fenton. Elle était là. Avec eux. Superbe. Son sang frémit. Sa gorge se noua. Fébrile, forçant sa chance, il s'insinua sans façon dans leur groupe.

Après une inclination de la tête, il se présenta :
– Jacques Meurice. Intertropical.

La conversation tomba. L'administrateur, les deux ingénieurs belges de la Forminière et le motocycliste, casque sous le bras, lorgnèrent l'intrus en tirant sur leur cigare. Emma, elle aussi, surprise de tant d'aplomb, le dévisagea. Désarmé par cette hostilité silencieuse, sentant qu'il allait perdre pied, le surveillant embraya sans réfléchir :

– Madame Fenton, vous souvenez-vous de notre conversation de la dernière fois ? essaya-t-il de sa voix la plus détachée.

– Euh... Eh bien...

– Au sujet des orchidées carnivores, si, rappelez-vous, mentit Meurice. Espèce plutôt rare dans la région mais, vous ne me croirez pas, j'en ai découvert un bosquet à quelques centaines de mètres d'ici...

– Ah ? Très bien, très bien, répondit Emma, plutôt froide, qui voulait en rester là à cause des oreilles indiscrètes.

– Que diriez-vous de venir les observer ? renchérit le surveillant. Au crépuscule leur émanation de suc redouble et les insectes...

– Maintenant ? Vous voulez dire y aller maintenant ?

De plus en plus gênée, elle fit remplir son verre de porto pour conserver une attitude. Le motard qui la dévorait des yeux la servit. Elle but à demi son verre. Son cou était rouge.

– Peut-être que madame Fenton a mieux à faire que de déambuler au clair de lune ? s'interposa l'administrateur avec un air malicieux.

– Surtout lorsque son mari est parti en tournée ! ajouta l'un des deux ingénieurs à moustaches de grenadier.

Tous se gaussèrent en agitant leur cigare. Après quatre porto chacun, la plaisanterie était drôle. Ils louchaient sans plus s'en cacher sur les épaules de la femme. Même pour un million cash, ils n'auraient pas abandonné leur proie.

– Nous restons avec vous, madame. Toute la nuit, s'il le faut!

– Ou plutôt accompagnons-les, clama quelqu'un qui pouffait derrière eux. Ce sera amusant!

Le vent tournait.

– Bien sûr!

– Épatant!

– Vous hisserez-vous en croupe de mon bolide? susurra le motocycliste qui n'en perdait pas une.

– On ne peut s'y rendre qu'à pied, coupa Meurice qui s'énervait.

– Vous serez notre guide, Meu-ri-ce, rugit l'administrateur. Conduisez-nous à ce buisson odorant!

Sans se démonter, Meurice prit le bras de la jeune femme et l'entraîna. Le groupe les suivit, goguenard. Traversant le salon enfumé, le motard s'écria alors par-dessus la musique :

– Venez! Nous allons voir de l'extraordinaire, des orchidées sauvages! Rarissime! Prenez des lampes et vos appareils photo!

– Sus au buisson!

Des femmes gloussèrent, formant une farandole joyeuse, suivies de messieurs avinés et de quelques domestiques portant du champagne dans des seaux à glace. Ils sortirent du Club, marchèrent le long de la route et obliquèrent vers ce qui semblait être une clairière; devant eux, comme des fuyards, appuyant l'allure, Emma et Meurice.

Il faisait nuit noire. À la porte des cases miroitaient de pâles lueurs. Un chien invisible grogna puis se tut. La terre résonnait comme une scène de théâtre, et les grands arbres, dégouttant d'humidité, dessinaient les rideaux. Derrière un massif d'épineux échevelé, on distinguait une sorte de pagode avec des stèles autour. Il s'agissait du cimetière chinois de la Compagnie : des dizaines de coolies morts durant la construction de la ligne Congo-Océan y reposaient.

Sur la route s'égrenait cette file d'une quarantaine de convives, hilares, que l'alcool, la musique et les conversations avaient sonnés comme des boxeurs. Par moments, ils se coulaient dans les plis de l'obscurité pour réapparaître à la surface, reprenant leur place dans le cortège décousu, finissant leurs phrases par des ordres brefs, des prénoms.

Face à un grêle bosquet de fleurs jaunes qui tremblaient dans la nuit, Meurice s'arrêta pour confier à Emma :

– Écoutez-moi, je voulais vous dire... Il faut que... Un rendez-vous, si vous me le pro... Depuis que je vous ai rencontrée...

Le surveillant de plantation la regardait avec acharnement. Un sentiment comparable à de la violence l'étreignait. Il n'était plus lui-même; Meurice s'exprimait comme s'il cognait, avide, furieux, voulant se débarrasser du tourment qui le minait. Ses yeux traquaient les siens, sa bouche. Sans réaliser, il lui tordait le poignet.

Emma gémit mais se reprit. La présence des autres tenant leurs lanternes sur le chemin la rassurait. Elle ne craignait rien sinon, pour le moment, le ridicule.

– Que voulez-vous exactement, monsieur Meurice? souffla-t-elle en se dégageant de son emprise. D'ailleurs, où sont ces fameuses orchidées? C'est une histoire insensée! Je suis une femme mariée, moi! Vous me compromettez!

Meurice jouait d'une façon absurde. Au lieu de se reprendre, de se calmer et de sauver la situation par une volte-face, il s'enfonçait, voulant pousser malgré elle la jeune femme vers quelque chose qui les sauverait tous deux, ensemble, un « oui » informulé, physique, solidaire, qui effacerait la distance, la nuit et la solitude du précipice qui s'ouvrait devant eux.

– Emma, voyons! Ce n'est pas possible! Nous ne nous sommes pas trompés l'un l'autre. Depuis la dernière fois... Accepteriez-vous...

– Comment?

– Entre nous, Emma, tout serait po... Il faut que..., fit-il, implorant.

Elle eut un mouvement du menton qu'il prit pour un refus. Il plia sous le choc; la vérité, cette vérité lui était insupportable. Un étrange venin s'insinuait en lui, partant du cœur, brouillant ses pensées, mélangeant ses gestes; il lui sembla tournoyer sur lui-même, comme une toupie, perdre connaissance. Alors il se raccrocha à elle, à ses cheveux, sa robe claire, ses bras glacés. Un feulement de tissu les secoua. Qu'avait-il fait? C'était invraisemblable! Tout s'accélérait.

– Emma, ma chérie! criait-il.

Elle lui échappa, gibier blessé, et courut vers les fougères. D'un bond, il fut sur elle et, se collant, la ceignit, pesant de toutes ses forces, tyrannique, odieux.

– Lâchez-moi, vous êtes fou!

Emma ne s'en sortait plus, terrifiée. Elle était comme un fétu de paille emporté par un tourbillon, un jouet fêlé qui rebondissait mal en se disloquant un peu plus. En un dernier sursaut, pourtant, elle dégagea une main et le gifla; sous le choc, Meurice lâcha sa prise, subitement dégrisé.

– Au secours! hurla Emma Fenton.

Déjà il ne la voyait plus; elle disparaissait dans un autre monde, se confondant avec la frange des arbres, absorbée par l'humidité et la distance, fuyant toujours devant lui, irréelle, hallucinée, dissoute... Impossible, jamais plus, de la revoir, de l'aimer?

Était-ce une illusion?

Une lame de désespoir submergea Meurice.

L'herbe laiteuse lui brûlait les yeux. Le sang mugissait dans ses oreilles pareil à une bête énorme. Il vacilla et vomit tout son saoul...

Enfin, vaincu, brisé, il se releva dans un incroyable silence. Son regard buta alors sur la barrière des autres, masques lugubres et ricanants de Pierrot. Tous les invités du Club cernaient Meurice. Et les pierres qui armaient leurs poings tintaient dans la pénombre comme l'appel du flamant rose...

LES HIPPOPOTAMES DU BON DIEU

Parce que le messager de Fort-Gono courait à ma rencontre en prenant appui à chaque foulée sur sa jambe gauche, je compris que la réponse du dispensaire serait... *sinistre.* D'ailleurs, je m'en doutais sans oser me l'avouer; cette « maladie » était à mes yeux une évidence, et je la sentais battre en moi, se développer et s'étendre, pareille à un rongeur fixé à la paroi de mes intestins qui, chaque jour un peu plus, me grignoterait en profondeur.

Par réflexe, je m'appuyai à la balustrade du bungalow et laissai cet oiseau approcher. L'homme était abasourdi de fatigue. Comme tous les Mampouyas de la région, il avait le crâne rasé et des scarifications rituelles sur le torse. Ses yeux étaient striés de rouge. Il avait soif. Il chancela dans les derniers mètres. Je l'arrêtai en bas des escaliers, lui criant :

– O.K., c'est bon!

– Message, patron! Message! balbutia-t-il en baissant le regard.

Il me tendit un papier jaune plié en quatre qu'avait mouillé sa sueur. L'en-tête était celle du dispensaire. J'ouvris la missive pour parcourir d'une traite les sept lignes dactylographiées qu'avait signées Félicien Barte, le médecin en chef de la Tabacongo...

L'analyse s'avérait claire, résumée par des formules et des taux, tout s'enchaînait dans une logique froide, épouvantable : sérieuses carences immunitaires, parasites et amibes à foison, dégénérescence probable du sang... Mes syncopes, comme ces fièvres fulgurantes qui, régulièrement, me secouaient pour m'abattre, trouvaient leur explication médicale. Additions, soustractions et pourcentages quantifiaient mon existence. Horrible mathématique! Et à les en croire, atteint comme je semblais l'être, faute de retourner me soigner en Europe dans un service hospitalier digne de ce nom, on allait m'enterrer dans six mois entre deux termitières...

Je congédiai mon Mampouya déshydraté, m'effondrai sur un fauteuil en rotin de la véranda.

Un ouragan intérieur fracassait puis balayait toutes mes digues. Ô frêle esquif de la raison! Pitoyable balise de l'espérance sur une mer déchaînée! Comme on se rattrape à une rambarde de coursive, j'agrippai de justesse une bouteille de cognac français dont, coup sur coup, je lampai plus de la moitié...

Derrière la toile moustiquaire qui protégeait la terrasse, la nuit africaine infusait dans le jardinet. Envers et contre tout, des employés de la Tabacongo s'obstinaient dans la journée à l'entretenir, silencieux et graves, surveillant les pelouses et taillant chaque arbrisseau. Ce village modèle, gagné sur la jungle primaire, avec ses murs en dur et ses allées gravillonnées reliant les cottages à la fabrique, finissait de m'achever par tant de ridicule. Pensez! Trente-deux degrés à six heures du soir, une maladie dévorante et ce parterre à l'anglaise pour tout horizon. À hurler! Ne manquait plus que le drapeau national et le carillon d'une église presbytérienne! Un dégoût énorme, gluant, me souleva le cœur. Ma bouteille roula sur le plancher pour se briser quelque part. La vie était dégueulasse...

***

La pluie battait les toits, tambourinant sur les hangars en tôle de la Compagnie. C'était une eau tiède, lourde, qui creusait la terre et, à la longue, fouaillant le moindre talus, déracinant les fougères arborescentes, transformait la plus infime dénivellation en furieuse cataracte, les plaines de la vallée en marécages de boue.

À l'aube, la pluie ralentit son rythme et cessa presque. Le soleil perça. Au travers d'un fin brouillard tamisé me parvinrent alors les accords du piano de Cora, ou plutôt les mille et une ébauches, reprises émiettées, où ses doigts de novice erraient comme des âmes en peine, trébuchant sans cesse, cherchant sans y parvenir le giron de la mélodie... Un bourdonnement viril par moments l'accompagnait. Jaspers, notre baryton local, se trouvait à ses côtés. Je décidai de les rejoindre.

Fébrile, je fis un brin de toilette et, mon analyse en poche, me dirigeai vers le bungalow voisin.

Celui-ci était en tous points semblable aux autres. Construit selon un même plan et avec les mêmes matériaux par la Tabacongo pour ses cadres européens, des arbres comme ceux de mon jardin encadraient son portail verni, et d'identiques massifs de fleurs mauves flanquaient à espaces réguliers ses murs de briques. Unique différence : sa pelouse, gazon de meilleure qualité ou ayant mieux pris, était plus drue. Un panneau peint mentionnait à l'entrée : *Bellevue Cottage, M. et Mme Defrolin.*

En haut des marches, un pied sur la véranda et la main suspendue au-dessus de Cora qui s'appliquait sur son instrument, Jaspers fredonnait, feignant l'extase :

« *Ich käm in' Kern,*
Ins Herz der Welt
Allem nah, allem fern. »

L'ingénieur René Jaspers faisait plus que son âge. Des déconvenues amoureuses et financières l'avaient, murmurait-on, poussé jusqu'ici. Au beau milieu de nulle part! comme il disait, en se raillant lui-même.

Jaspers conservait dans son infortune un talent à commander, le goût des poèmes romantiques, celui de la musique et des femmes. Ces cheveux coupés court, très blancs, lui donnaient un air poupin, quelque chose d'angélique et de bon. Il portait toujours des chemisettes claires, brodées sur la poche de poitrine de son monogramme, avec une majesté de prince en exil. Et plaisait à Cora, la fille aînée des Defrolin.

Me voyant entrer, l'ingénieur poursuivit comme à mon intention, tandis que la jeune musicienne réattaquait au piano, *do-ré, do-fa :*

« *Ich lösch das Licht*
Mit purpurner Hand

Streif ab die Welt
Wie ein buntes Gewand. »

Les vers d'Hofmannsthal seyaient à sa pâleur entretenue, à ses doigts longs et soignés de vieux monsieur.

– J'éteins la lumière d'une main..., essayai-je.

– ... d'une main pourprée, et j'ôte le monde comme un vêtement diapré, termina Jaspers en ouvrant les yeux.

– Très beau. La musique est de ?

– C'est-à-dire que la musique...

– Je fais pourtant mon possible, tout mon possible, minauda Cora. Je n'en suis qu'à ma douzième leçon.

– Il y a des morceaux plus simples. Je dois avoir d'autres partitions dans un coin de ma bibliothèque. Albert Roussel, vous connaissez ? Certes, il n'est pas allemand mais ses mélodies...

Notre hôtesse se leva et nous proposa une tasse de café.

– Moulu de ce matin.

– Avec plaisir.

– Juste du lait sucré pour moi, merci, dis-je.

Cora avait vingt-deux ans, des seins en obus, de vagues études qu'elle terminait par correspondance, un père tyrannique et odieux qui ne la lâchait pas. Elle, elle ne rêvait qu'à l'Europe, douloureusement, en silence. Et, meurtrie par l'apathie des tropiques, collectionnait les doubles pages de *Ciné-Monde*, hebdomadaire parisien dont elle recevait une pile par le bimoteur du trimestre.

– Mauvaise mine ! commenta Jaspers en me dévisageant non sans amitié.

– Des insomnies. Surtout la chaleur, mentis-je. Du mal à rester debout. J'aurais d'ailleurs voulu vous..., soufflai-je, lugubre.

– Fichtre! Une confidence?

Je saisis la tasse que l'on m'offrait et m'assis près d'eux. Un silence s'installa. Espérant m'entretenir seul à seul avec Jaspers, et dans de meilleures conditions, je reculai l'instant de ma confession.

Jaspers le sentit et fit diversion.

– Quelle jolie robe, Cora. N'est-ce pas celle que vous portiez lors du barbecue de samedi?

– Très observateur.

Je regardai à mon tour la jeune femme. Grande, dotée d'un charme et d'une présence à la fois animale et fragile, Cora était séduisante. Pourtant, à l'égal des autres célibataires de la Compagnie, quelque chose d'imperceptible m'avait toujours retenu de lui faire la cour. Son père, peut-être. Ou bien ses yeux gris-vert qui lui donnaient cet air triste, à mi-chemin du dédain et d'une mélancolie hautaine et aérienne... Lors de notre première rencontre, j'avais cru comprendre que les efforts entrepris dans sa direction n'auraient pas été récompensés. Dans ce genre de situation, on ne perd ni son temps ni sa salive, et on cherche ailleurs. Et puis les filles indigènes n'étaient pas si regardantes. Seul le sieur René Jaspers, notre mélomane vieillissant, paraissait détenir le pouvoir de la troubler.

Sur la cloison d'en face, des sagaies se croisaient au-dessus d'un bouclier en peau de buffle, lui-même fixé sous une série de pots et de calebasses en argile travaillée. Une tête empaillée de zèbre, avec de gros yeux de verre, semblait sortir du mur.

Dessous, Jaspers, nous souriait, affable. Il embraya d'une voix modulée :

– Comme tout le monde, ici, vous avez eu vent de ma mésaventure de la semaine dernière... Lors de cette – mémorable – partie de chasse, voilà que je m'égare et perds mon chien, Chopin. Évidemment, pas l'ombre d'un Mampouya pour me renseigner! Bref, croyant suivre mon instinct, je rebrousse chemin et marche plusieurs heures de suite sur un cap approximatif. Funeste expérience! Je me trouvais dans le sens contraire! À la longue, j'avais l'impression que les arbres me fonçaient dessus. Je progressais au radar, clignant des yeux, dodelinant de la tête... En quatre heures, six kilomètres mais à l'opposé de ma direction! Inepte! Et moi qui me vantais de connaître le coin.

– Ensuite?

– Finalement, au détour d'un groupe de manguiers, je retrouve Chopin le nez dans un fourré et, derrière lui, indolente sous les copeaux du soleil, une des boucles du fleuve M'Po. J'étais sauvé! Deux cent quarante minutes à tourner en rond et un de ces mal aux pieds!

– Vous sembliez en effet dans un triste état, reconnut Cora, amusée.

– Détail que je vous passe : mouillé comme je l'étais – oui, j'avais glissé deux fois dans la gadoue –, mon treillis frottait à certains endroits délicats de ma personne. Je marchais en cavalier, quoi! Dernière fois que je vais à la chasse. Les grands fauves peuvent dormir sur leurs deux oreilles!

Nous eûmes un rire navré. Jaspers ne plaisantait pas.

– Et la morale de cette belle histoire ? lui demandai-je.

– En faut-il une, François ? Je croyais avoir raison, j'avais tort. Je pensais me rapprocher du but alors que je m'en éloignais. Je m'imaginais perdu, je fus sauvé. Cent pour cent d'erreurs et de foutaises... La vie est une loterie et sa roue tourne chaque jour. Allons, assez bavardé ! Je dois procéder à mon inspection.

Jaspers s'en allait.

Je terminai mon lait et remerciai Cora de son hospitalité matinale.

– Puis-je me joindre à vous ? dis-je.

– Si l'idée vous tente, pourquoi non ? Mais rien de bien amusant, je vous préviens. Comme chaque semaine : les nouveaux semis, les plants et la brûlerie. La balade vous donnera peut-être des couleurs. Vous êtes pâle comme du linge de nonne. Des problèmes de cœur ?

– D'estomac.

– Eh bien, Cora... Nous vous abandonnons.

– N'oubliez pas pour demain soir, murmura-t-elle. Votre promesse...

Elle avait rougi comme s'il s'agissait d'un rendez-vous galant, un secret rappelé à demi-mot.

– Sûr que non ! Salutations au paternel. À demain. Vous venez, François ?

Y avait-il une idylle entre eux ? Malgré leur différence d'âge ? Le piano servait-il de prétexte ?

Jaspers me précédait dans les allées gravillonnées. La pluie avait cessé. Dans les haies taillées éclataient des fleurs et des parfums. Ma décision était prise : j'allais parler à Jaspers. Ne racontait-on pas qu'il avait été – aussi – chirurgien durant la Seconde

Guerre, à Tobrouk ou quelque chose de ce genre, volontaire parmi les légionnaires du général Leclerc ? Un homme de sa trempe ne pouvait faillir.

– Les semis! désigna l'ingénieur. Et il accéléra son pas comme s'il avait voulu s'éloigner du bungalow avant que nous n'entamions notre conversation.

Nous dépassâmes des cabanons et des potagers clos par des treillages de roseaux séchés. Une femme avec un seau d'eau en équilibre sur la tête nous croisa. Elle revenait de la pompe où des Mampouyas de la Tabacongo s'activaient, torse nu, la peau luisante de sueur et de soleil. Ils nous saluèrent et nous leur répondîmes. Je démarrai :

– Vous avez été chirurgien, je crois ? plaçai-je, mal à l'aise.

– Pardon ?

– Oui, dans l'armée, pendant la guerre... C'est ce que l'on raconte.

– Pas faux mais exagéré... Je travaillais en 1940 au Cameroun, dans les mines d'étain. La colonne Leclerc remontait vers le Tchad à bord de Dodge et de Bedford rafistolés, objectif Koufra, tenu par les Italiens et les Libyens. Je me suis enrôlé. On était deux cents. Mais, chirurgien, non, pas vraiment... Ou plutôt, tout le monde l'était à l'époque, par la force des choses : un gars blessé, un garrot, quelques points de suture, une ou deux capsules de morphine en injection, pas sorcier! Trop atteint, le gus claquait. On ne pouvait rien faire. Aucun matériel lourd. Pas d'évacuation possible. Il fallait le laisser aux fourmis...

– Aux fourmis ?

– Aux chacals, comme vous voudrez... Moi-même, j'ai été blessé à la cuisse gauche, mais la balle n'a pas touché l'artère. Tirée de trop loin. Je l'ai extraite au canif... De l'antiseptique dans le trou de la plaie, une bande serrée. Et, hop! Je galopais comme un lapin! C'était ça ou sécher dans les dunes.

– Impressionnant.

Nous arrivions à la brûlerie.

Un employé en chemise beige se dirigea sur nous, un registre relié de cuir à la main. Jaspers consulta les pages numérotées et signa deux fois, la mine contrariée.

– Un ennui?

– Sais pas encore. Il faudrait vérifier. Allons au hangar, je voudrais inspecter les stocks en partance.

– Entendu.

Le hangar en question se trouvait à l'écart du village modèle de la Tabacongo. Proche du débarcadère et de ses deux grues, il surplombait le fleuve M'Po, dont les courbes capricieuses charriant leurs alluvions ensablaient notre rive.

Je me lançai à nouveau :

– D'après les analyses reçues hier de Fort-Gono, je devrais retourner en Europe...

– Ah? Montrez-moi ce papier.

Jaspers, qui s'était arrêté, lut et avala sa salive. Il avait une pomme d'Adam proéminente que l'on pouvait suivre des yeux. J'en déduisis un cas dramatique. Une onde de sang me brûla le visage.

– Que... Qu'en pensez-vous?

Mais à la seconde où il allait me répondre, Polaire, le radiotélégraphiste, déboula.

– Bonjour!

Il était en gilet de corps, les cheveux gras et en vrac. À peine réveillé. Tirant sur un mégot. Lors de son arrivée dans le pays, l'incommodité d'un tel patronyme, Polaire, nous avait tous amusés.

– Vous repasserez peut-être par chez moi, m'sieur Jaspers, demanda-t-il en se grattant une aisselle. J'ai des câbles à votre attention. Rien d'urgent, cependant.

– Je les prendrai tout à l'heure, merci. Je me rends aux stocks avec François.

– Comme vous voudrez. À l'occasion, regardez en aval. Vous verrez du beau spectacle!

Jaspers hocha la tête. Le radio rentra dans son bureau sans vitres où sommeillait sa machine à cadrans. Nous continuâmes.

À environ cinquante mètres du hangar, l'ingénieur, sur les conseils de Polaire, vira à gauche pour s'enfoncer dans les fourrés. Un perroquet au bec argenté signala sa présence par un sifflement interrogatif puis s'envola. L'herbe qui craquait nous montait jusqu'au ventre. La stridulation monotone des cigales rappelait le bruit de rasoirs électriques. Nous étions sur les berges du fleuve M'Po.

– Vous ne m'avez pas répondu, repris-je en remontant à sa hauteur, alarmé par ce silence persistant. Que pensez-vous de cette...

– Chut! Approchons-nous.

– Mais...

Un ciel immense se déployait jusqu'à l'horizon, ponctué de nuages effilés et brossés. Dessous, dans une boucle du fleuve, flottait un groupe d'hippopotames placides.

– Là, doucement! Baissons-nous.

Quatre adultes et trois petits grommelaient et

soufflaient au milieu des bulles du courant. Dans la lumière neuve, leur cuir de bête préhistorique prenait des teintes de corail, comme du nacré, et des reflets tendres et sucrés de gomme mouillée.

– Répondez-moi, Jaspers, je vous en prie!

– Ouvrez les yeux, François!

– ...de simples hippopotames. Je ne comprends pas.

Jaspers s'était agenouillé avec précaution. Une main en visière sur le front, il contemplait tout son saoul ces énormes animaux qui, dans la paix de l'aube, barbotaient ensemble, jouissant de la fraîcheur.

– Quelle beauté!

– Suis-je condamné? Je vous somme de tout m'avouer! Vous avez été médecin, que diable!

Ma voix s'étranglait de rage. La peur montait en moi comme du mercure affolé. Pour un peu, poignardé par l'angoisse, je me serais jeté entre ces mammifères pour m'y faire broyer.

Jaspers me chuchota :

– François, calmez-vous. La vie, la mort... Croyez-vous que ces animaux y songent, eux? Ils sont magnifiques. L'Europe est si loin. Et vos amibes? Ridicules en comparaison de ces monstres de la création, non?

– J'ai une totale confiance en vous, Jaspers, mais je ne vois pas le rapport... Je suis au bout du rouleau. Il n'y a pas lieu de plaisanter.

Un des mastodontes plongea sous les vagues d'écume et, tandis que ses congénères s'ébattaient, resurgit parmi eux, la gueule ouverte, comme s'il riait aux éclats de sa farce. À ses côtés, les petits se chamaillaient pour un bouquet de plantes aquatiques qui dérivait. L'eau tournait à la Chantilly.

– Voyez, il y aura toujours des hippopotames dans le fleuve. À admirer de tels animaux, je ne puis que croire en l'existence de Dieu. Oui, François, cette présence m'épargne le doute. Je ne m'effraie plus et depuis longtemps. Faites comme moi. Reprenez-vous.

Et d'ajouter, négligent, pour conclure :

– D'autant que vos chiffres sont faux. Selon l'analyse de votre toubib, votre vitesse de sédimentation dépasserait celle du son. Mort à Mach 1, vous voyez le genre! Laissez cet imbécile.

Le soleil gravissait le ciel comme un alpiniste. Un flot de rayons jaunes inonda la berge et les banians.

– Quoi?

– Je vous l'assure. Une erreur.

À ces mots, je me sentis ivre, enfin délivré, guéri d'un coup. Je m'allongeai dans l'herbe haute, ému, apaisé. Mon âme s'emplissait de joie au spectacle des bleus mastodontes qui barbotaient dans leurs pâtures.

– En êtes-vous certain?

– Comme je vous vois, vieux.

L'ingénieur souriait, content de lui, ravi pour moi.

– Dieu, murmurai-je en me relevant, est un sire fantaisiste, dilettante et poète. Mes amibes n'étaient rien!

– Vous allez vivre! me répéta Jaspers, debout, les mains sur les hanches. Et c'est tant mieux car je connais une demoiselle qui en aurait été bien peinée...

– Hein ?

– Cora. Cora Defrolin. Si.

Et les hippopotames étonnés tournèrent vers nous leurs gros museaux inoffensifs...

LES DIAMANTS DE SULUTU

Sulutu n'était qu'à cinq heures de train de la capitale mais le chemin de fer ne menait plus jusque-là. Depuis deux ans, la voie avait été déclarée inutilisable sur plus de dix kilomètres : un affaissement brutal de terrain dû au ruissellement des eaux de pluie vers la vallée. Le moindre wagonnet aurait versé sur le bas-côté. On ne risquait pas la seule locomotive du pays avant les premiers travaux, chaque jour reportés.

La gare, une sommaire baraque en planches, flanquée d'un quai sur pilotis, tombait en ruine. L'adjoint du préposé, Zouzou, était retourné dans la brousse et les abords de la station, jadis dégagés et entretenus, aussi. Personne ne venait d'ailleurs à Sulutu. Paludéen en diable, le coin en avait dégoûté plus d'un. Les ananas y dépérissaient. L'élevage n'avait jamais pris. Seul Ferdinand, préposé en titre, s'accrochait. Un Lyonnais. Original. Fantasque mais bon bougre. Son alambic lui avait fait prendre souche : l'alcool de banane, quand il tape soixante-dix degrés, lui rendait les heures insouciantes et paisibles.

Et puis qu'entreprendre dans ce bled qui ne soit pas voué à l'échec, sinon boire et lutiner les jeunesses locales ? Il y avait bien cette histoire de diamants sur l'autre versant de la montagne mais lui-même n'y croyait plus. La montagne est avare, se plaisait-il à répéter aux rares inconscients qui, pioche sur l'épaule, grimpaient les sentiers et s'obstinaient, regard brûlant de fièvre, à filtrer la boue dans leur tamis.

– Vous abandonnerez tous, un jour ou l'autre, les poumons pleins de poussière terreuse! Moi seul connais le dernier endroit et je ne dirai rien! Profitez donc de la vie : les filles, les bouteilles! raillait Ferdinand, en lampant son bol de tord-boyaux qu'il ne partageait avec personne. L'existence est trop courte pour s'encombrer de rêves et de copains qui ont toujours plus soif que vous, répétait-il, mi-triste, mi-bougon.

Cela faisait des mois que Ferdinand n'avait pas vu un de ses semblables. Maintenant les Blancs l'effrayaient. Il avait trop changé, tant vieilli. À quarante-cinq ans, il en paraissait quinze de plus. Son unique pantalon tenait avec une corde et il marchait pieds nus, à l'africaine. Sans chapeau, sans chemise, l'ardeur du soleil indifférait le cuir de sa peau.

Aussi lorsqu'une Méhari se présenta à Sulutu, le premier réflexe de Ferdinand fut-il d'aller se cacher dans la jungle.

– Un nouveau venu reste un emmerdeur potentiel, maugréa-t-il. Toujours un moment où il vous demandera quelque chose, un service, un conseil... Et les services, je les connais, c'est une corvée dont on se débarrasse sur votre dos. Merci bien!

Le préposé disparut du village comme par enchantement.

Assis sur une pierre ronde, les yeux sur son alambic qui glougloutait, il en était à sa deuxième gorgée de gnôle lorsque Mickey, un garçon de Sulutu, apparut entre les palmes. À cause du mugissement de la cataracte, toute proche, le contrôleur, qui ne l'avait pas entendu arriver, sursauta, lâchant le bocal de confiture qui lui servait de verre.

– Quoi ? Tu connais ma cachette, mon salaud! cria-t-il par-dessus le vacarme.

– On te cherche! déclara Mickey en reprenant haleine.

– M'en fous! Laisse-moi!

– Ce sont des parents à toi, dit le Noir, respectueux. Ils arrivent d'Europe. Amène-toi, Ferdinand. Il s'agit de ton devoir.

– Dégage.

– Ils ont parlé d'un héritage. Ils ne repartiront pas avant de t'avoir vu, c'est sûr.

– Un héritage ? Les types de la Méhari ?

– Oui. Viens. Ils attendent depuis une heure. Je t'ai cherché partout.

Intrigué par cette visite, Ferdinand recouvrit son alambic d'une bâche pour emboîter le pas du garçon. Tout ça ne sentait pas bon. Il ne se connaissait plus de famille, sinon de vagues cousins, en Dordogne, autrefois, petit-fils et petite-fille d'une sœur de sa grand-mère, il y a un siècle.

Il atteignit les cases en pisé de Sulutu. La voiture stationnait sous les palmiers de la place. Un homme et une femme, genre « touristes en safari », le regardaient arriver.

Parce qu'il marchait le soleil dans le dos,

Ferdinand eut le loisir de les détailler sans qu'ils puissent en faire autant : lui, très grand, brun, avec des oreilles décollées; elle, jolie, visage de biche, les cheveux en chignon, des jambes longues et pâles dans un short de toile écrue. Il les détesta tout de suite avant même de les avoir reconnus. Leur bonne santé, leur jeunesse, et leur impeccable tenue de lin lui vrillaient l'estomac. Les Bolles étaient ses cousins, le frère et la sœur. Il s'en souvenait à cause de leurs oreilles.

– Oui, quoi ? maugréa l'employé du chemin de fer.

– Ferdinand ? Cousin Ferdinand ? hésita la jeune femme qu'une nuée de négrillons entourait et palpait.

– J'écoute.

– C'est bien lui ! souffla-t-elle à son frère qui n'en semblait pas convaincu.

– Nous sommes les Bolles. Tes cousins de Périgueux. Cécile et Christian Bolles. Les enfants de Mariette.

Ils s'approchèrent de lui sans oser encore lui serrer la main ou l'embrasser. De plus près, Ferdinand nota que l'un et l'autre suaient à grosses gouttes. Les quarante-et-un degrés de température les incommodaient. Et cela plut à Ferdinand que ces deux gravures de mode aient à souffrir du climat, lui qui s'en fichait comme d'une guigne.

– Euh... Eh bien... Voilà... Pourrait-on te parler seul à seul ? Et à l'ombre ?

– J'vois personne d'autre que nous.

– Voyons, Ferdinand, c'est important ! Sois sérieux !

– Un héritage ?

– Oui. Nous venons pour ça. Tante Pétronille. Le mois dernier. Elle n'a pas souffert.

– Hein ? Souviens pas.

– La sœur de ta propre grand-mère ! Ta mamie Julia !

À ce prénom, Ferdinand flancha. Une fissure s'ouvrit en lui comme une plaie ; des flots d'images anciennes qui sentaient bon le pain grillé, le chocolat crémeux des goûters, les ruelles pavées, les jardinets de province rincés par la pluie d'automne, resurgirent dans sa mémoire et le secouèrent. Il bafouilla. Mû par un automatisme, il entraîna ses deux visiteurs vers sa baraque, qui jouxtait la gare désaffectée.

– Suivez-moi, c'est pas loin.

Christian Bolles avait retrouvé son sourire – le père Ferdinand n'était pas si cinglé qu'on le prétendait ! Il retira la clé de la Méhari et, une serviette en toile sous le bras, rejoignit sa sœur et son cousin...

Comme il le constata à son tour, l'état de délabrement de la bicoque dépassait l'entendement. Un bric-à-brac de bidons et de caisses s'étalait parmi des malles renversées. Sous les poutres, lugubre, pendait un hamac noir. Des outils et des rouleaux de corde jonchaient le parquet, défoncé par endroits. Pas de carreaux aux fenêtres. Une lumière et une odeur d'étable. Et, au milieu de la grande table, entre les gamelles sales, les litrons vides et les registres maculés, ces quatre poules qui, indifférentes, l'œil fixe sous une paupière rosée, picoraient d'une façon mécanique de rares miettes de pain.

– Alors, c'est donc ici que tu vis...

– Si peu.

– Douze ans déjà... Jamais envie de rentrer en Europe, Ferdinand ?

– Suis perdu pour la France, trop mauvais sujet, ricana Ferdinand, gêné qu'on puisse le plaindre.

Il installa tant bien que mal les Bolles sur de petits fûts d'huile de vidange et, mains dans les poches pour dissimuler son tremblement d'alcoolique, les écouta... Christian se racla la gorge. Il écarta d'un geste une poule aventureuse et s'expliqua. Bref, sans entrer dans les détails, suite à la mort subite de Tata Pétronille, un jeudi matin sous ses draps, Ferdinand héritait d'une horloge à carillon XIXe, d'un vélomoteur Solex en bon état, d'un portefeuille en actions pétrolières, estimé à onze mille francs, et d'un studio en partie hypothéqué sur la côte normande, à Villers-sur-mer.

L'énoncé laissa pantois l'employé de chemin de fer.

– C'est tout ?

– Oui. Enfin... Disons que...

– Rien à cirer, alors ! résuma Ferdinand, prêt à éclater de rire. Et c'est pour ça que vous avez fait tout le trajet ? Que pour ça ? De Périgueux jusqu'à Sulutu ?

– Oui. Oui et non... balbutia Cécile Bolles. Nous participons à un safari photo dans la région et te sachant dans le coin... Nous-mêmes avons hérité d'un capital. Nous voyageons désormais pour notre plaisir. L'Afrique du Nord puis l'Afrique noire. La région est extraordinaire. Et si typique, étonnante!... La semaine prochaine nous serons au Gabon.

– Mais avant il faudrait que tu nous signes un certain nombre de papiers notariés, plaça Christian. Oui, une validation pour la totalité, avec ton accord. Tante Pétronille semblait y tenir. Tu comprends, les paperasses, c'est tellement pénible quand on n'en a pas l'habitude. Tu peux me faire confiance. Famille, famille! N'est-ce pas? La chose se réglera dans les meilleures conditions. Ta part sera conservée et je la gérerai en ton nom... Dès notre retour à Périgueux, je t'enverrai un mandat correspondant aux...

Ferdinand traqua l'ombre d'une fourberie sur le visage lisse et affable de son cousin. Mais il ne la débusqua pas. Toutefois, un léger rictus, esquissé, pinçait les lèvres de Cécile. Il crut à de la compassion.

– N'ai besoin de rien, *nada!* Je signe tout ce que vous voulez. M'en fous! Ce que je gagne ici, je n'arrive même pas à le dépenser. Donnez-moi un stylo. Et gardez la monnaie!

Le cousin sortit de sa serviette une liasse de papiers à en-tête, un peu ému. Sans même relever les yeux, l'employé de chemin de fer parapha d'une main mal assurée les feuillets dactylographiés qu'ornaient des tampons.

– Je ne les lis même pas.

– Comme tu voudras, cousin.

Agacé, il s'apprêta à les raccompagner.

– Voilà! conclut-il en se grattant le torse. On n'en parle plus. Merci tout de même. Adieu.

Dehors, le soleil tapait encore, dur et sec, tel un percussionniste sur un tambour. Les Bolles se dépêchèrent. Usant d'une technique de Sioux, de gros moustiques les encerclaient puis, l'un après l'autre, fondaient sur leurs victimes, voraces, excités par ces épidermes tendres.

– Ne restez pas sous les arbres, conseilla Ferdinand, compatissant.

Cécile revint à la charge avec un ton d'assistante sociale :

– Ferdinand, es-tu certain de n'avoir envie de rien ? Un poste radio ? Un fusil de chasse ? Un camping-gaz ? Même des boîtes de conserve ?

– Non, partez maintenant! souffla son cousin qu'une soif atroce torturait.

Il allait tourner les talons lorsque Christian, l'air entendu, insinua :

– Laissons donc notre cousin à son sort, Cécile. Que nous sommes bêtes! Évidemment qu'il n'a besoin de rien et surtout pas de ce trop modeste héritage! Ne vit-il pas au cœur du pays des diamants ? Alors, ce filon ? Assis dessus ? Le gros magot ? Combien de millions, cousin ?

Le préposé dévisagea les Bolles avec lassitude. Décidément, c'étaient deux beaux exemples de parfaits imbéciles... Poussé par une idée comme par son besoin d'ingurgiter de son tord-boyaux, il leur fit un signe et, d'un pas enlevé, s'enfonça avec eux dans un sentier qui serpentait dans la brousse...

Au bout d'une demi-heure de marche, Ferdinand obliquait vers un groupe de manguiers dont les branches noueuses et grises, collantes d'une sève sucrée, attiraient les oiseaux. L'herbe y était haute, drue et coupante.

– De l'herbe à éléphant, marmonna Ferdinand dans sa barbe.

À quelques pas de là, non loin de son « bar » personnel où il planquait l'alambic et les dames-jeannes, rugissait la cataracte. En passant, Ferdinand se versa une rasade de gnôle qu'il avala d'un trait. Il se sentit aussitôt mieux. Derrière lui, ses deux cousins suivaient avec peine, exténués, crottés jusqu'aux yeux. Requinqué par l'alcool, le préposé poursuivit derechef au travers des fourrés spongieux.

Une brume fraîche et piquante saturait les environs, drapant la végétation d'une buée pensive. Cachés par un rideau de lianes, des massifs de fougères géantes cernaient cette trombe d'eau fuselée et mousseuse qui, jaillissant à trente mètres de hauteur en une langue de cristal, venait exploser en bouillonnant dans une vasque naturelle. Toute la montagne résonnait. Le spectacle était saisissant.

– Venez voir.

– La cataracte ? C'est pas dangereux ?

– Ici, regardez, cria Ferdinand qui se tenait au bord.

– Quoi donc ? demanda Christian en avançant avec précaution afin de ne pas déraper.

– Hé, mon trésor personnel ! Mes diamants à moi, pardi ! Le big magot !

Les Bolles se penchèrent un peu plus au-dessus du vide. Sur les rochers trempés, à moins de dix mètres en contrebas, un incendie de lumière rasante irisait des millions d'infimes particules d'eau. Et on aurait cru, en effet, un tapis transparent et délicat, cousu de gemmes et de pierres précieuses. L'illusion persista cinq secondes puis un nuage glissa, s'interposant, qui les éteignit.

– Riche ou pauvre, c'est le soleil qui décide! ricana Ferdinand, fier de son coup.

– Une plaisanterie?

– Je ne vois absolument pas ce qu'il y a à comprendre, protesta Cécile avec un air contrarié.

– Dommage, chers cousins, dommage.

Et il les ramena jusqu'à leur Méhari qui cuisait sous les palmiers.

Affalés contre les murs des cases, des Noirs mélancoliques les regardèrent monter dans leur voiture et s'enfuir.

Il faisait quarante et un degrés, ce jour-là, en gare désaffectée de Sulutu.

TABLE

CET OUVRAGE
A ÉTÉ ACHEVÉ D'IMPRIMER
SUR ROTO-PAGE
PAR L'IMPRIMERIE FLOCH
À MAYENNE EN AVRIL 1992

N° d'éd. 13729. N° d'impr. 32205.
D.L. : mai 1992.
(Imprimé en France)